（『伊勢物語』一段）むかし、お《(を)》とこ、うゐ《(ひ)》かうぶりして、ならの京《きやう》、かす／がのさとにしるよしして、かりにいにけり。その／さとにいとなまめいたる女はらからすみけり。／このお《(を)》とこ、かいま見てけり、おもほえずふるさと／に、いとはしたなくてありければ、心《こゝ》ちまどひに／けり。男のきたりけるかりきぬのすそをきりて、／歌をかきてやる。そのお《(を)》とこ、しのぶすりのかり／きぬをなむきたりける。

かすかのの　わかむらさきの　すりころも　（しのぶのみだれ　限《かぎ》り知《し》られず）

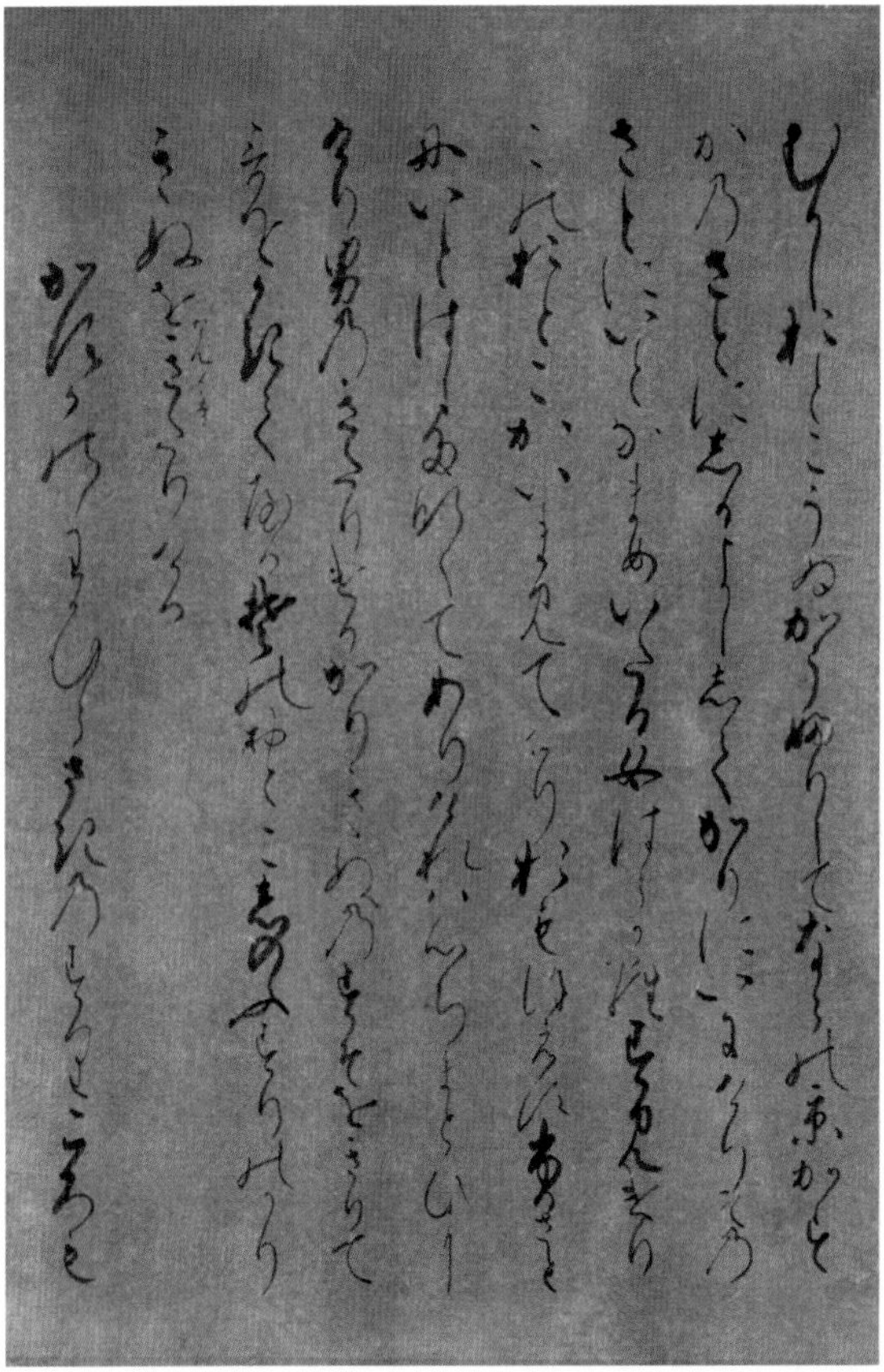

後柏原院《ごかしわらのいん》宸筆本　伊勢物語
享禄四年（室町時代）　個人蔵

この写本は、箱書によれば「後柏原院宸筆本　享禄四年（一五三一）古写」とある。後奈良天皇に譲位されて六年後に上皇となられた後柏原上皇が書写された『伊勢物語』の巻頭の部分である。

後柏原院は、学を好まれ、詩歌管絃にも長じられ、『柏玉集』という歌集も残されている。その上、能筆の誉れの高かった上皇としても知られている。特にこの時代は応仁の乱後で、朝廷の経済が大変逼迫した時期であり、ときには天皇の御宸筆が民間に下賜《かし》され、皇室経済救済の一助とされたこともあったと伝えられている。おそらく、この『伊勢物語』の写本はその一つであったと想像される。

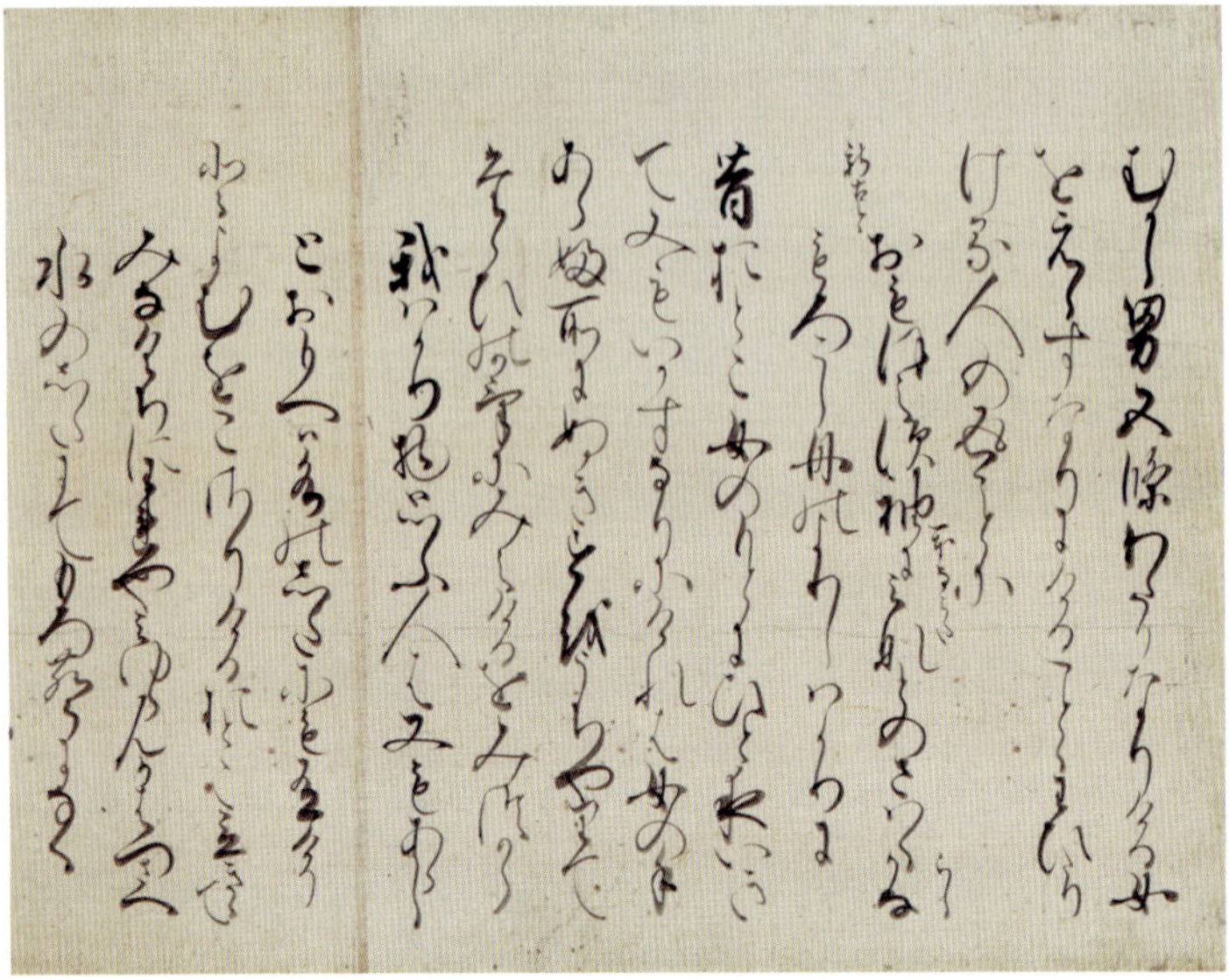

伝　藤原伊行《これゆき》筆　伊勢物語　平安末期（個人蔵）

（二十六段）
むかし、男、五條わたりなりける女
をえ《（得）》えずなりにけることと、わびたり
ける、人の返《かへり》ごとに、
おもほえす　袖《そで》にみなとの　さは《（わ）》くかな
もろこし舟《ふね》の　よりしはか《（許）》りに

（二十七段）
昔、お《（を）》とこ、女のもとにひと夜いき
て又もいかすなりにければ、女の、手
あらふ所にぬきすをうちやりて、
たらひのかけにみえけるを、みつから、
我《われ》はかり　物思《ものおも》ふ人は　又《また》もあらじ
とおもへば　水《みつ》のしたにも　在《あり》けり
とよむを、こさりけるお《（を）》とこ立きゝて
みなくちに　われやみゆらん　かはづさへ
水《みつ》のしたにて　もろ声《ごゑ》になく

藤原伊行は藤原定信の子で、父子とも優れた書家として著名である。この優雅で繊細な流れるような筆づかいには、魅了されるものがある。平安朝の末期には、王朝文化が復興し、貴族達は競って王朝文学の精粋を執筆し、残したという。この断簡は、九州の大名家伝来と伝えられている。

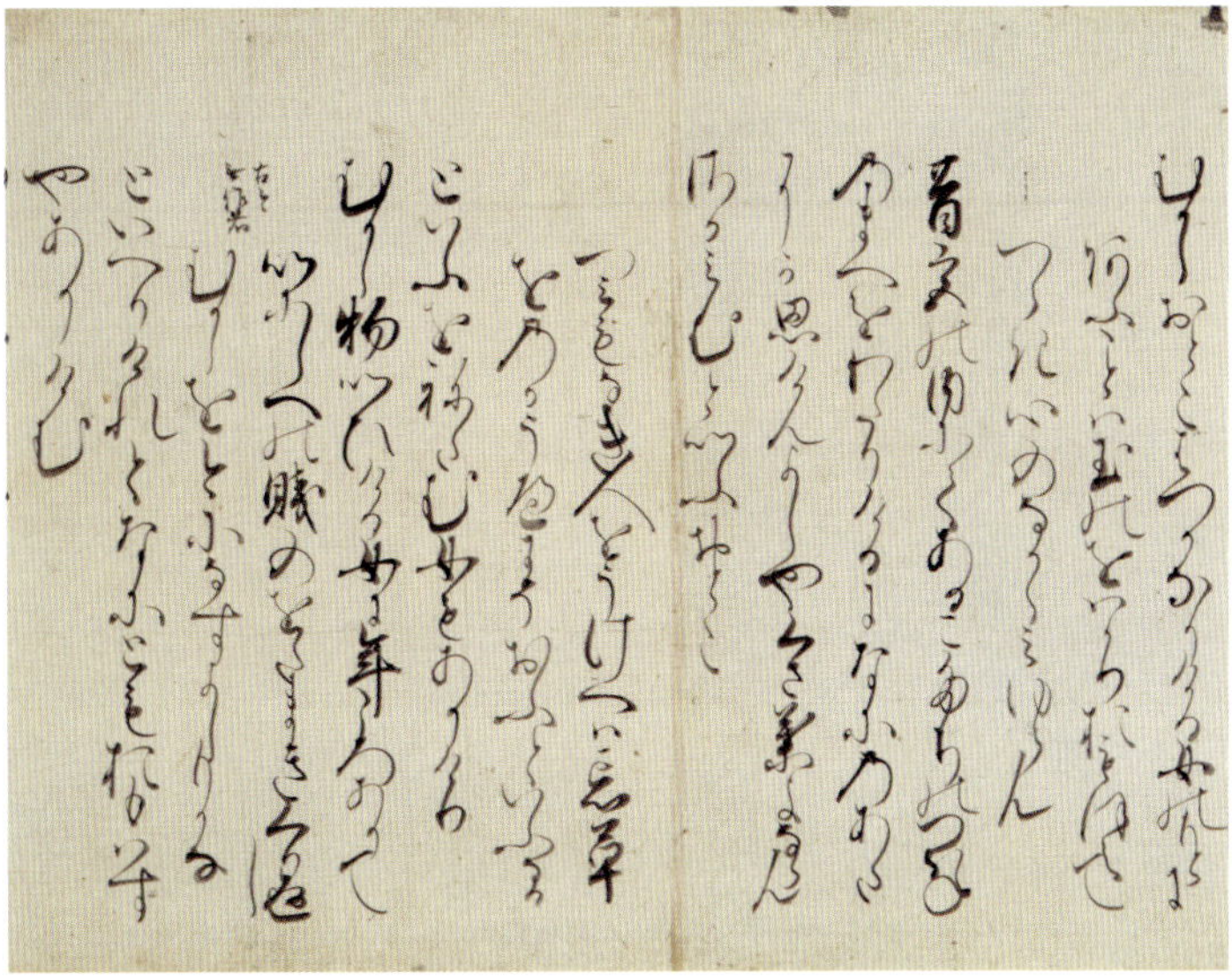

伝　藤原伊行筆　伊勢物語　平安末期（個人蔵）

（三十段）
むかし、おとこ《（を）》、はつかなりける女のもとに、
あふことは　玉のをはかり　おもほえて
つらき心の　ながくみゆらん

（三十一段）
昔、宮の内にて、あるこたちのつほねのまへをわたりけるに、なにのあたにか思《おもひ》けん、よしやくさ葉《は》よ、ならんさかみむといふ。おとこ、
つみもなき　人《ひと》をうけへは　忘草《わすれぐさ》
を《（お）》のかうへにそ　おふといふなる
といふを、ねたむ女もありけり。

（三十二段）
むかし、物いひける女に、年ころありて、
いにしへの　賤《しづ》のをたまき　くり返《かへ》し
むかしをいまに　なすよしもかな
といへりけれど、なにともおもはすやありけむ。

このような古筆が、各所に伝えられるのは、平安朝以来、多くの貴族や文人達が丹誠こめて残してくれたお蔭である。

伝 土佐派襖絵　江戸時代

上段の絵は『伊勢物語』九段の「富士の山を見れば、五月のつごもりに、雪いと白う降れり。

時《とき》知《し》らぬ　山《やま》は富士《ふじ》の嶺《ね》　いつとてか　鹿《か》の子《こ》まだらに　雪《ゆき》の降《ふ》るらん」

の部分を描いたものである。

　従者を従えた馬上の貴公子が嶺を仰ぎ見る姿が描かれている。

　これと対になる下段の絵は、あでやかな女性《にょしょう》が、花の盛りの庭木には目もくれず、もの想いに耽っている姿を描いている。この場面はおそらく、『伊勢物語』九段の「唐衣《からごろも》　きつゝなれにしつま《（妻）》」であろう。

　江戸時代の大名家は、京の能筆家の公家に執筆させた平安朝文学の写本を大切な嫁入り道具の一つとし、それを画題とした調度品も愛用していたようである。

在原業平——雅《みやび》を求めた貴公子

井上辰雄 著

遊子館

はじめに

平安時代の多くの文学書には、絶大な権力者であった藤原氏を主人公とする華々しい宮廷生活が描かれてきた。とりわけ、藤原北家の流れをくむひとたちが、時代の寵児として、優雅世界を満喫してきた様が、華麗な筆づかいで表現されているのである。

だが、わたくしたちは、政治に関することとなると、彼らは常に陰険な策謀をめぐらし、虎視眈々として相手を蹴落とす機会をねらっている権謀術数のひとたちであったことも知っている。

しかも藤原一門のひとたちは、お互いにひとたび掌中にした権力を、他人に奪われまいと腐心し、心安まることは、ほとんどなかったし、ときには政敵の怨念の妄想にとりつかれ、悩まされつづけてきたことも伝えられているのである。

もちろん、かかる凄惨な生き方をしたひとだけが、平安時代を彩《いろど》ってきた訳ではないのである。それよりも、むしろ権力に背を向け、自己に誠実に生き抜いたひとたちが少なからず、存在していたのである。その中には、珠玉の如く輝くひとたちを少なからず垣間見ることができるのである。

例えば、わたくしが、現在もっとも関心を寄せる平安初期の時代、つまり初期摂関政治が確立する前後を瞥見すれば、そこには藤原氏のあくなき権力奪取の動きに対して、自らの才能と誠実さをもって、毅然として対峙してきた人物が、少なからず存在したのである。

それらのひとは、第一に、「文章は経国の大業」のモットーをかかげた、いわゆる文人官僚たちであった。

例えば、小野篁《おののたかむら》、菅原道真《すがわらのみちざね》、紀長谷雄《きのはせお》、紀夏井《きのなつい》などのひとびとである。それに対し、皇統に属する貴種の源融《みなもとのとおる》や僧正遍照《そうじょうへんじょう》（昭）や在原行平《ありわらのゆきひら》、業平《なりひら》の兄弟たちのグループは、文雅の道を掲げて、独自の道を模索していたのである。かかる人たちの多くは、権力の座から遠ざけられたり、精神的な迫害を被っていたが、それにめげず自己の信念を決してゆがめようとはしなかったのである。

ここで取り上げる在原業平は、誰もが望む立身出世の道を放棄して、己の心情の命ずるままに、叙情の世界に生きていった。それは和歌の道であり、恋の世界であった。

和歌も恋の道も、究極において、心と心の「和」であるとすれば、それを文字通り誠実に生きたのが、業平であったといってよい。彼は、当時の平安貴族が教養としていた漢文学に背を向け、日本的心情を表現する世界に生きようとしたのである。和歌の伝統的源泉となったものの一つは、業平の艶なる心情と、ものごとを慈しむ感性であった。

わたくしは、ここに業平とそれをめぐるひとびとの物語を綴っていこうと思っているが、残念ながら、言葉足らずに終わるかも知れない。しかし、わたくしの拙ない著書を通じて、世俗の栄誉に生きるよりも、不器用に生きた業平に対する関心と共感が、少しでも増すことがあれば、幸甚の至りと思っている次第である。

在原業平の肖像画　(『国文学名家肖像集』)

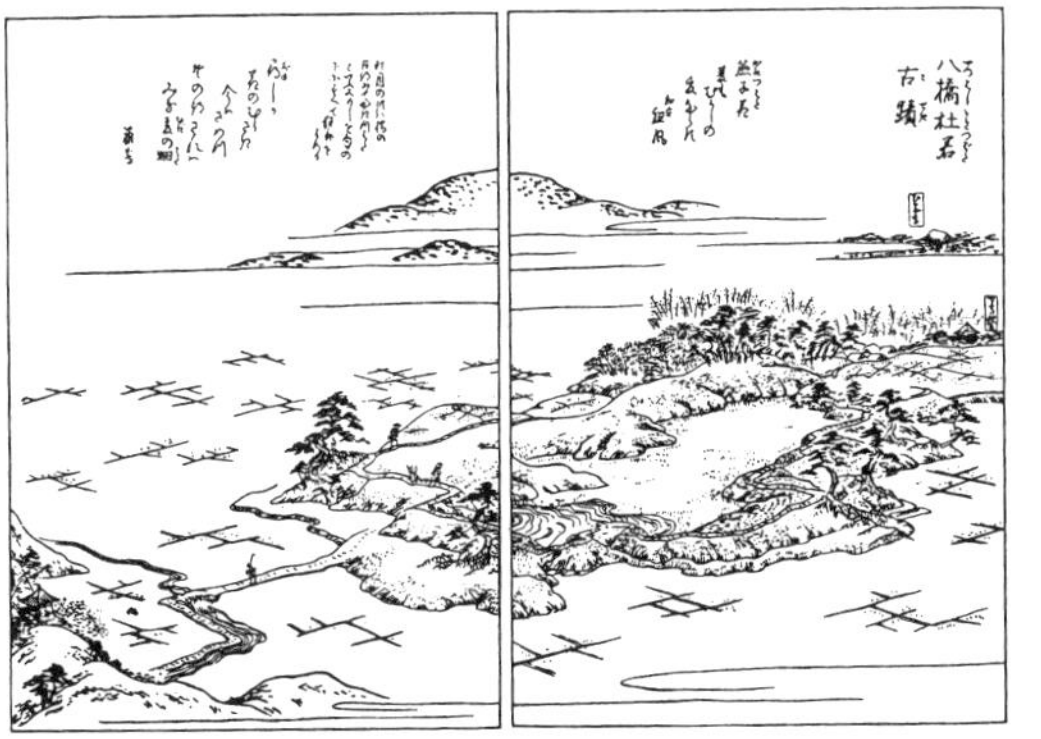

八橋　東下りの際、在原業平が詠んだ「唐衣　着つつなれにし　妻しあれば　はるばるきぬる　旅をしぞおもふ」(古今和歌集・巻9－410) の舞台 (『東海道名所図会』)

目次

凡　例

一、神話上の人物を含む歴史上の人物の表記と読みは、一般的なものとした。

二、歌と史料の引用には、適宜、振り仮名を補った。

三、本文中の「〇〇記」は『古事記』の、「〇〇紀」は『日本書紀』の記述を示す。

四、本文中の表記は、おおむね常用漢字を使用した。ただし、引用文中の送り仮名に関しては、歴史的仮名遣いを混用している。

五、引用文は「　」等で括り、文献名を記した。

在原業平——雅《みやび》を求めた貴公子

【第一話】 色好《いろご》みの主人公

日本の典型的な叙情歌人として、まず、わたくしたちが想いうかべる人物には、必ず在原業平《ありわらのなりひら》が含まれているであろう。業平はいうまでもなく日本文学のなかで、稀代の〃色好み〃の貴公子と語り伝えられているからである。

しかし、この〃色好み〃というものは、日本の文学にとって、決して、ネガティブな要素ではなかった。それどころか、わたくしたちの古典文学の伝統を形成しているその主人公たちは、多くのひとたちのあこがれの対象となってきた。

その代表的なヒーローを挙げるとすれば、『古事記』における大国主命《おおくにぬしのみこと》であり、『源氏物語』の光源氏《ひかるげんじ》であった。それに、近世文学の西鶴の『好色一代男《こうしょくいちだいおとこ》』の世之介《よのすけ》を加えてもよい。

大国主命は、「吾《わ》が大国主《おおくにぬし》　汝《な》こそは　男《を》に坐《いま》せば　打《う》ち廻《み》る　島《しま》の崎々《さきざき》　かき廻《み》る　磯《いそ》の崎《さき》　落《お》ちず　若草《わかくさ》の　妻《め》持《も》たせらめ」（「神代記」）と嫡妻の須勢理毘売《すせりびめ》より切々と訴えられる程の、多くの女性遍歴をもった神である。

大国主命は、行く先々の処女たちと「沫雪《あわゆき》の　若《わか》やる胸《むね》を　栲綱《たくづの》の　白《しろ》き腕《ただむき》　そだたき　たたきまがなり　真玉手《またまで》　玉手《たまで》さし枕《ま》き　百長《ももなが》に　寝《い》は寝《な》さむ」を重ねてきた艶福の神であった。

光源氏の華麗なる女性遍歴も、それこそ枚挙に遑《いとま》がないが、次のことだけは特に見落してはならないと、考えている。つまり、生母、桐壺更衣《きりつぼのこうい》への尽きせぬ思慕の念が、藤壺《ふじつぼ》の君《きみ》や、紫《むらさき》の上《うえ》への愛の底流となっているということである。「光源氏《ひかるげんじ》、名《な》のみことごとしう、言《い》ひ消《けし》たれ給《たま》ふ咎多《とがおお》かなるに、いとど、かかるすき事《ごと》どもを、末《すえ》の世《よ》にも聞《き》き伝《つた》へて、軽《かろ》びたる名《な》をや流《なが》さむと、忍《しの》び給《たま》ひけるかくろへ事《ごと》をさへ語《かた》り伝《つた》へ」（『源氏物語』「帚木《ははきぎ》」）たとして、『源氏物語』の作者は、光源氏をひとの語り口をかりて弁護しているのは、そのためである。

一方、西鶴の『好色一代男』の主人公も、戯れし女、三千七百四十二人、少人の弄《もてあそ》び、七百二十五人という途方もない女性との交渉を重ねたと伝えられている。まさに「浮世之介」の名に恥じない破天荒の淫事を重ねているが、そこには天下の財を一挙に握り占めた近世町人階級の浮世謳歌の夢があったのである。それにしても、日本の画期的な時期ごとに、きまったようにかかる好色の主人公が登場することは、どういう訳であろうかと、疑問を抱かれるひとも、いるに違いないと思う。

恐らく、ひとつには〝豊穣の讃歌〟が込められていたのではあるまいか。各時代のヒーローがかかる多くの女性を愛し、多くの子を儲けることは、ヒーローをめぐる一族一門の発展への願望であった。しかし、必ずといってよい程、その願いが達成されると、凋落の兆しがヒーローの運命の上に現われる。この絶頂と没落の落差こそ、好色のヒーローを色どる最大のストーリーとなっているのである。

第二話

業平の生きざま

在原業平は、確かに色好《いろごの》みの文学の典型的な人物である。だが、その面だけがクローズアップされて、業平の物語の魅力が語られるとすれば、大切な要素を見落すことになるのではないかと思っている。なぜならば業平の生きた時代は、いわゆる初期の藤原摂関家が確立しつつあった時期であった。このことを、まず想起しなければならないからである。

少なくともその頃までは、嵯峨天皇の領導のもとに、天皇が自ら抜擢された有能な文人官僚が、「文章は経国の大業なり」というモットーをかかげ、誇り高らかに政治を荷っていた。

嵯峨天皇の朝廷の中枢には、藤原園人《そのひと》や藤原冬嗣《ふゆつぐ》という藤原氏出身の人物がいたが、彼等は、文人官僚と隔絶した地位にいた訳ではない。彼等は、文人官僚の有力者のひとりであったに過ぎなかった。園人の生母は、桓武天皇の皇后であった乙牟漏《をとむろ》と姉妹の関係にあった藤原良嗣《よしつぐ》の娘であった。つまり、園人は嵯峨天皇と従父兄弟の関係にあったのである。この親近感で結ばれた天皇への補佐意識は強烈であった。

藤原冬嗣は内麻呂《うちまろ》の息子であるが、早くから、皇太子神野《かみの》親王（後の嵯峨天皇）のいわゆる「藩邸《はんてい》の旧臣《きゅうしん》」となっていた。神野親王が即位されるや、その帷幄《いあく》に侍して、忠実に天皇の意を奉戴し、政務をこなしていくのである。

嵯峨朝は、彼等の他に、良岑安世《よしみねのやすよ》や、小野岑守《おののみねもり》などの優れた官僚群を擁していた。良岑安世は、桓武天皇の皇子である。彼は、その生母、百済王永継《くだらのこきしながつぐ》を介して、冬嗣とは異父兄弟の関係にあった。その安世の子の、良岑宗貞《むねさだ》は仁明天皇に近侍していたが、仁明天皇の崩御と共に比叡山に登り、出家して遍照（昭）となった人物である。

また小野岑守の息子が、小野篁《たかむら》である。篁は『凌雲集』の編者という教育人の岑守の子でありながら若い頃は専ら「弓馬の士」の如く振舞っていたという。その事を嵯峨天皇に誡められると、直ちに発奮して異材の文人官僚へと成長していくのである。

ここで特に強調したい点は遍照や小野篁などの第二世代のひとたちが、冬嗣の息子である良房やその養子となった基経たちが藤原氏の門閥政治の基礎を固める時代に、批判者として活躍することである。彼等の理想はあくまで、嵯峨朝の文人官僚の政治であった。この文人官僚の伝統は宇多、醍醐朝までうけつがれ、菅原道真や紀長谷雄《きのはせお》にまで及ぶのである。

門閥政治の批判のもう一つの系譜は皇統を引くひとたちによってうけつがれていたのである。その典型的な人物は僧正遍照や在原業平、行平《ゆきひら》であるが、藤原氏によって迫害された失意の皇子を最後まで保護しつづけることでその意地を示したのである。業平が後世まで愛される要因をなしていたものは、実はここにあったといってよいのである。

【第三話】 業平の父、阿保《あぼ》親王

在原業平は、天長《てんちょう》二（八二五）年、桓武天皇の第一皇子阿保親王と、桓武天皇の皇女、伊都《いず》（豆）内親王との間に生まれた貴公子である。

『三代実録《さんだいじつろく》』には、「業平《なりひら》は、故四品阿保親王《こしほんあぼしんのう》の第五子《だいごし》にして、正三位《しょうさんみ》行《ぎょう》中納言《ちゅうなごん》行平《ゆきひら》の弟《おとうと》なり。阿保親王《あぼしんのう》は、桓武天皇《かんむてんのう》の女《むすめ》、伊登《いず》（都）内親王《ないしんのう》を娶《めと》り、業平《なりひら》を生《う》む」（『三代実録』元慶四年五月二十八日辛巳条）と記している。

残念なことに、この『三代実録』の業平の卒伝《しゅつでん》には、業平の生年月日は明記されていない。しかし、業平が元慶四（八八〇）年に五十六歳で亡くなると記るされているから、これより逆算して天長二（八二五）年を業平の誕生の年としたのである。

業平が生誕したのは、阿保親王がやっと許されて、大宰府から都に遷った、間もない時期であった。薬子《くすこ》の変の煽りをうけて、弘仁元（八一〇）年より十数年間、阿保親王は大宰の員外帥《いんがいそつ》（権帥《ごんのそつ》）として九州に追いやられていたが、嵯峨天皇から淳和天皇に譲位されたのにともなって、恩赦によりやっと京にもどされた。そして京に復帰すると、伊都内親王を娶り、業平をもう

けたのである。阿保親王が治部卿《じぶのかみ》に復したころであるという（『続日本後紀』承和九年十月壬午〔二十二日〕条）。

阿保親王は、「素性《そせい》、謙退《けんたい》して、文武《ぶんぶ》を兼《か》ねて、膂力有《ひつりょくあ》りて、絃歌《げんか》に妙《すぐ》れたり」（『続日本後紀』前同）と評されているが、生れつき偉丈夫でありながら謙譲の人柄であり、優れた芸術的感性を持ち合せていた親王であったというのである。恐らく、その優れた芸術的感覚は業平にも濃厚にうけつがれていったのであろう。

しかし阿保親王は薬子の変の首謀者である平城《へいぜい》上皇の鍾愛の皇子であった故に、遠く大宰府の員外帥（権帥）に追いやられたのである。大宰府の長官は帥《そつ》であり、九州一円を支配下に置き、また、外交にもタッチする重職であったが、員外帥は帥の待遇を一応はうけるものの実権はすべて剥脱されていた。いわば、体のいい九州追放であった。つまり、大宰の帥などの厳しい監視のもとに、無為の生活を余儀なくされていたのである。

この、苦節の十数年を経て、やっと京にもどることが許され、治部卿に帰り咲いた。精神的にやっと安定したその時期に、阿保親王は、桓武天皇の皇女伊都内親王と結ばれ、業平という子を儲けることになったのである。

といっても、阿保親王は初婚ではなかったようである。大宰の員外帥時代に、既に業平とは腹違いの子たちを儲けているからである。業平の兄とされる行平は、業平とは異母兄弟であった。

【第四話】

曾祖父、藤原乙叡《たかとし》

業平をひとりっ子とする伊都《いず》（登）内親王は、「桓武天皇《かんむてんわう》の皇女《ひめみこ》なり。母《はは》は藤原氏《ふじわらし》、従三位《じゅさんみ》乙叡《たかとし》の女《むすめ》なり」（『三代実録』貞観三年九月十九日庚寅条）と記されるように、桓武天皇の皇女であり、その生母は藤原乙叡の娘であった。

藤原乙叡は、南家の右大臣継縄《つぐつな》の息子である。乙叡は、延暦十三（七九四）年十月に早くも三十四歳の若さで、従四位下として参議に列し、平城天皇の大同元（八〇六）年には従三位中納言であり、その後四十八歳で薨じている。

乙叡は、その母尚侍《しょうじ》百済王《くだらのこきし》明信《みょうしん》が、桓武天皇の寵愛をうけた関係から、異例の出世をしているのである。延暦二十五（八〇六）年には、四十六歳で、既に中納言に任ぜられていたが、その人柄は、「性《せい》は頑驕《ぐわんきやう》にして、妾《しょう》を好《この》み、緑山晴水《りょくさんせいすい》に多《おほ》く別業《べつぎょう》を置《を》く」（『公卿補任』大同二年条）と評されている。

事実、乙叡は、平城天皇が皇太子時代に女性問題をめぐり宴《えん》の席で不敬があったといわれていたし、また伊予《いよ》親王の事件に関りありとして宮内卿を免官され、大同三（八〇八）年に、四十八歳で不満のうちに没したと伝えられている（『公卿補任』大同二年条）。

この乙叡が、桓武朝において政界ではなばなしく活躍している頃に、その娘平子《ひらこ》が、桓武天皇の寵をうけ、伊都内親王をもうけたのである。

このように乙叡は、業平の曾祖父という関係になる訳である。その乙叡は、「性は頑驕にして、妄を好」むと評されているが、業平の血筋を考える上でかかる人物が存在していたことは、業平の行状をたどる上で、極めて興味を引く事実である。

因みに伊予親王の事件というは、大同二（八〇七）年十月に起きたものだが、藤原宗成《むねなり》が伊予親王をそそのかして潜かに不軌《ふき》（皇位簒奪）を謀《はか》ったといわれるものである。それを知った大納言藤原雄《お》友《とも》が右大臣藤原内麻呂《うちまろ》に告げ、にわかに発覚したものである。宗成は直ちに捕えられ、「首謀《しゅぼう》の叛逆《はんぎゃく》は是《こ》れ親王《しんのう》なり」と偽りの自白をしたというのである。

そのため伊予親王とその生母藤原吉子《よしこ》は、川原寺《かわはらでら》に幽閉されたが、大同二（八〇七）年十一月十二日に、薬を仰いでなくなった（『日本紀略』大同二年十一月乙未〔十二日〕条）。怨霊思想がたかまると伊予親王とその生母藤原吉子は、皇室に怨霊として祟りをつづけることになるのである。

この時、宮内卿の藤原乙叡と造西長官秋篠安人《ぞうさいちょうかんあきしののやすんど》は左遷されている（『公卿補任』大同二年条）。それと共に、藤原宗成の謀反を、右大臣内麻呂に告げた大納言藤原雄友も伊予親王の事件に連座して、伊予国に配流されているのである。雄友が伊予親王の外舅《がいきゅう》であったからといわれている（『公卿補任』大同二年条）。つまり雄友は、伊予親王の生母、吉子の兄であったからである。だが、嵯峨天皇が即位されると雄友は、本位正三位に復している。

【第五話】業平の母、伊都《いず》内親王

乙叡《たかとし》の娘平子《ひらこ》が、桓武天皇に召されて生んだ御子が、伊都（登）内親王である。伊都内親王が生誕されたのは、延暦二十（八〇一）年頃と推定されている。そして天長元（八二四）年、阿保親王が大宰府から帰京した後に、その妃としてむかえられ、翌年の天長二（八二五）年に、業平をもうけたのである。

当時としては、比較的独身生活の長かった伊都内親王は、結婚相手として阿保親王が最も適任者であったのであろう。その伊都内親王は、さすがに桓武天皇の皇女であったためか、かなりの財産を継承されていたようである。

伊都内親王には、有名な『伊都内親王御施入願文《ごせにゅうがんもん》』と称される古文書が現存しているが、それによれば、天長十（八三三）年九月に、「山階寺《やましなでら》（興福寺）東院西堂《とういんさいどう》」の「香燈読経料《こうとうどきょうりょう》」として、「墾《こん》田十六町余《でんじゅうろくちょうあまり》、荘一処《しょういっしょ》、畠一町《はたけいっちょう》」を施入している（『平安遺文』第一巻、五六号文書、四十頁以下）。

その施入の理由は、伊都内親王の生母、藤原平子が、この年に亡くなり、その「追福」を祈るためであった。この藤原氏の氏寺である山階寺への施入額から見ても、伊都内親王が、豊かな財力を保有していたことが窺えるのである。

ところで『本朝皇胤紹運録《ほんちょうこういんしょううんろく》』という皇統を記した書物を繙くと、業平の兄の行平の生母も、「伊《い》豆《ず》（伊都）内親王是《ないしんのうこ》れ也《なり》」と注されている。

もちろん、伊都内親王の子は、あくまで業平だけであるというのが正しいのである。なぜならば『伊勢物語』八十四段には、伊都内親王が業平を「一つ子にさへありければ」と述べているからである。いうまでもなく「一つ子」は「ひとりっこ」のことである。

官撰の正史である『三代実録』にも、阿保親王は、「桓武天皇《かんむてんのう》の女《むすめ》、伊登《いず》（都）内親王《ないしんのう》を娶《めと》り、業《なり》平《ひら》を生《う》む」（『三代実録』元慶四年五月二十八日辛巳条）として、伊都（登）内親王の御子は、業平だけをあげている。

当時の在原家を代表する人物は行平であったが、それでも行平は伊都内親王の生んだ子とはされていないのである。

因みに、行平は、阿保親王の第三子であるが、『公卿補任』貞観十二年条では、弘仁九（八一八）年が、その生誕の年とされているが、その生母は未詳とされているのである。これらのことから、天長二（八二五）年当時、二十四歳頃、業平をもうけた伊都内親王が、行平の母であるとは到底考えられないのである。

弘仁九（八一八）年当時はまだ阿保親王は大宰員外帥《いんがいそち》として、九州にあったから、二十歳前の皇女をわざわざ下向させて、子をもうけることは、不可能であったからである。

【第六話】

業平と紀貫之《きのつらゆき》

業平は、伊都《いず》内親王のただ独りの子であったので、年老いて、長岡の山荘に隠棲されていた伊都内親王は、業平逢いたさに、次のような歌を贈り、すぐ訪ねてくるように訴えている。

『古今和歌集』の一節には、「業平朝臣《なりひらあそみ》の母皇女《ははひめみこ》、長岡《ながをか》に住《す》み侍《はべり》ける時《とき》に、業平宮仕《なりひらみやづか》へすとて、時《とき》も、えまかり訪《とぶら》はず侍《はべ》りければ、師走許《しはすばかり》に、母皇女《ははのみこ》のもとより、とみの事《こと》とて、文《ふみ》を持《も》てまうできたり、開《あ》けて見《み》れば、言葉《ことば》はなくて、ありけるうた」として、

老《お》いぬれば　さらぬ別《わか》れも　ありと言《い》へば　いよいよ見《み》まく　ほしききみ哉《かな》

返《かえ》し　業平朝臣《なりひらあそみ》

世中《よのなか》に　さらぬ別《わか》れの　なくも哉《がな》　千代《ちよ》もとなげく　人《ひと》の子《こ》のため（『古今和歌集』巻十七・雑歌上—900）

と記されている。

この歌をめぐる物語は、ほとんどそのまま、『伊勢物語』の八十四段に載せられている。『古今和歌集』の歌には、一般に詞書が附せられていることが多いが、業平の歌に限って、他を圧倒する程、かなりくわしい物語的な詞書がつけられていることが多いのである。

この際立つ特徴は、『古今和歌集』編集の中心人物であった紀貫之が、業平の歌の由来や出来事に、

なみならぬ関心を寄せていたことを示している。

恐らく、その理由としては業平が紀氏一族の有常《ありつね》の娘を妻としていた関係から、その同族であった紀貫之が、早くから業平の行状を付した歌の草稿本を閲覧しうる機会があったことも関係があるであろう。

それにしても、業平の行状に、紀貫之が示す関心の高さは、異常である。紀貫之は、周知の通り一方において業平の歌を、「その心《こころ》余《あま》りて、言葉《ことば》足《た》らず。萎《しぼ》める花《はな》の色《いろ》無《な》くて、匂《にほ》ひ残《のこ》れるがごとし」(『古今和歌集』「仮名序」)として、やや批判めいた態度を示しているが、それにも拘らず業平の歌の「詞書」をあえて長々と附するのは、業平の言動を、世に知らしめんとする意図があったのではあるまいか。

業平が、政治的な不利を承知で、有常の娘を妻としてむかえたことに、紀貫之はなみなみならぬ興味をおぼえていたのだろう。

有常の父の紀名虎《きのなとら》は、娘、静子《せいし》がもうけた文徳天皇の第一皇子、惟喬《これたか》親王を擁立して、藤原良房《よしふさ》の娘、明子《あきらけいこ》が生誕された清和天皇(惟仁《これひと》親王)と皇太子の座をめぐり、苛酷な政争を繰返し敗れた人物であったからである。それにも拘らず、業平が不遇をかこつ紀名虎の孫娘を娶ったのである。

〈紀氏系図〉

梶《かじ》(勝)―長《なが》┬興道《おきみち》―本道《もとみち》―望行《もちゆき》―貫之《つらゆき》
　　　　　　　　└名虎《なとら》―有常《ありつね》―娘＝業平《なりひら》

第七話

大宰《だざいのごんのそつ》権帥時代の阿保《あぼ》親王

業平が唐突と想われるような人生を歩むのは、彼のもって生れた性格によるものであろうが、それに加えて彼をめぐる環境も大きく左右していたようである。在原業平の父である阿保親王もまた、歴史の流れに大きく翻弄されつづけた。

阿保親王は、平城《へいぜい》天皇の第一皇子であり、生母は葛井藤子《ふじいふじこ》であった。因みに葛井氏は百済系の氏族で、大阪府藤井寺市の藤井（葛井）寺を氏寺とする一族であった。

阿保親王は第一皇子であったが、父の平城天皇が自らの皇儲《こうちょ》にえらばれていたのは、東宮妃とされた伊勢継子《いせつぎこ》が産んだ高岳《たかおか》（丘）親王であった。事実、即位された平城天皇が鬱病のため皇位を皇太弟の嵯峨天皇に譲られた時も、嵯峨天皇の皇太子に立てられたのは、高岳親王である。

だが、弘仁元（八一〇）年のいわゆる薬子《くすこ》の変で、高岳親王も皇太子を廃されるが、同時に、阿保親王も「四品《しほん》、阿保親王《あぼしんのう》、大宰権帥《だざいのごんのそつ》と為《な》す」（『日本後紀』弘仁年元年九月丙辰〔十九日〕条）として、大宰府権帥に貶《おとし》められてしまったのである。

時に阿保親王は十九歳の若さであった。それより、天長元（八二四）年まで、先述の通り約十三年間、大宰府に蟄居させられることになる。それは、配流という実刑ではないが、大宰府の官人達の監視のもとに置かれ、多感な青春時代を「馬《うま》の蹄《つめ》、筑紫《つくし》」（『万葉集』巻二十―四三七二）と歌われた都から遠く離れた所で過さなければならなかったのである。この辛い逆境は、その後阿保親王にどれほどの影響を与えたか、想像するに余りあるものがある。

政治の世界の苛酷さが、阿保親王を一層退嬰的な気分にいざなったことは否めないのである。とはいっても大宰府にあっても、阿保親王は親王としてのそれなりの待遇を受けていた貴公子であったから、在地の有力者の中には、その娘を阿保親王の妻として差し出し、縁故を結ぼうとする者もいた。

九州滞在の間に生れた御子達が、行平などの兄達であった。しかし、天長元（八二四）年七月七日に「平城天皇崩ず」（『類聚国史』二十五太上天皇）として、平城上皇が崩御されると、その翌月に「太《だい》上天皇《じょうてんわう》（嵯峨上皇）勅《ちょく》有《あ》りて、弘仁元年《こうにんがんねん》の権任《ごんにん》、流人等《るにんなど》は、皆《みな》、尽《ことごと》く、京《きやう》に入《い》るを聴《ゆる》せ」（『日本紀略』天長元年八月乙酉（九日）条）として、嵯峨上皇の御命令で、薬子《くすこ》の変に関わって、権任とされたり、あるいは流人となって遠国に配せられたひとびとは、すべて赦され、京に戻ることが許されたのである。

ただ、ここで注目されることは、その恩赦を行なったのは、当時天皇であられた淳和天皇ではなく、譲位され上皇となられた嵯峨上皇であった点である。

実際に薬子の変に関わりがあったとはいえ、譲位された上皇が、天皇の大権を自ら執行されることは、法制上あくまで異常であったといわなければならないのである。

【第八話】 在原朝臣の賜姓

阿保親王は、父君の平城《へいぜい》天皇の諒闇によって、ともかくも、京に復帰することが出来たのである。それは、阿保親王が、晴れて再び、皇親としての対遇をうけることを意味した。

そして、帰京して間もなく、阿保親王は、三十歳を過ぎた年齢で、二十四歳の伊都内親王と結ばれ、業平が生誕したのである。

業平が三歳に達した天長四（八二七）年六月には、「四品《しほん》、阿保親王《あぼしんのう》を、上総《かずさ》の大守《たいしゅ》と為《な》す」（『日本紀略』天長四年六月己亥〔九日〕条）として、阿保親王はいわゆる、親王任国《しんのうにんごく》の一つである上総の大守に任ぜられている。親王（任）国というのは、天長三（八二六）年に清原夏野《きよはらのなつの》の奏上により、上総、常陸《ひたち》、上野《こうずけ》の三国の国守に親王を補任する制度で、国守となった親王は「大守」と称した。

これは、親王が仮りに身分に応じて八省の卿などに任ぜられても、親王という格別に高い地位のため、実質的な職務は執りづらいし、またそれによって下の官僚も実務に支障をきたすおそれがあった。それよりむしろ、上総、常陸、上野などの東国の大国の大守に勅任し、その封禄を与えようとしたものである。もとより遙任である。

『延喜式』民部上によれば、上総、常陸、上野はすべて東国に在り、それらはすべて「大国」のランクの豊かな国であったから、その国守の公廨稲《くがいとう くげとう》などの封給は、特別に高かったのである。しかしそれにひきかえ、中枢の政局からは浮き上がり、締め出されたことになるのである。

その趨勢に応ずるかのように、阿保親王も子息たちの王位からの離脱の意志を示したのである。つまり、その前年の天長三（八二六）年には、阿保親王は、自ら上表して、阿保親王の息子の仲平《なかひら》、行平《ゆきひら》、守平《もりひら》らに、在原朝臣の賜姓を願い出て、許されている（『三代実録』元慶四年五月二十八日辛巳条）。

恐らく、この在原の姓が暗示しているように、皇統より離脱し、在野に在ることを明確に示したものであろう。

業平は、当時、まだ数え年三歳の幼児であったが、行平などの異母兄達と共に、在原朝臣を称し、臣籍降下することになるのである。この臣籍降下は、既に高岳《たかおか》親王の子供達が、王号を停め在原朝臣を賜ったことに見習うものであるが、阿保親王としては、自分の苦い経験からも、その息子たちが、皇族として政争に巻き込まれるのを恐れていたものであろう。

因みに、高岳親王は、阿保親王の異母弟であり、嵯峨天皇の即位と共に皇太子になられたが、平城天皇と藤原薬子《くすこ》らがもくろんだ政変の犠牲者となり、皇太子を廃された悲劇の皇子であった。

弘仁十三（八二二）年正月に、高岳親王は四品を授与されているが（『日本後紀』弘仁十三年正月己亥〔七日〕条）、間もなく出家して、真如《しんにょ》と称したといわれている。貞観四（八六二）年に天竺を目指す旅に出かけ、行方不明となられた悲劇の人物である。

第九話

業平の兄弟たち

業平の兄達のなかで、傑出した人物といえば、なんといっても行平を挙げなければならないが、その他の兄たちも、それなりに中級貴族の地位を占めていた。

長兄の仲平《なかひら》は、天長十（八三三）年正月に「无位《むい》在原《ありわらの》朝臣《あそみ》仲平《なかひら》を……従五位下《じゅごいげ》に叙《じょ》す」（『類聚国史』九九叙位、天長十年正月乙未〔七日〕条）として、无（無）位から、従五位下を授けられている。仲平が、いきなり従五位下を授けられたのは、父阿保親王の息子としての特遇であろうが、初めての授位の年齢が当時の慣例によって二十歳前後とすれば、仲平は、天長二（八二五）年生れの業平より、十歳以上の兄であったようである。

その仲平は、仁明天皇の承和五（八三八）年十一月には「従五位下《じゅごいげ》在原《ありわらの》朝臣《あそみ》仲平《なかひら》を、豊前守《ぶぜんのかみ》と為《な》す」（『続日本後紀』承和五年十一月甲戌〔二十日〕条）として、豊前守に任ぜられている。だが、彼は早くもその翌年の承和六（八三九）年一月には、駿河守に転じているのである（『続日本後紀』承和六年一月甲子〔十一日〕条）。

そして、一年ばかりして、承和七（八四〇）年二月には「従五位下《じゅごいげ》在原《ありわらの》朝臣《あそみ》仲平《なかひら》は、兼刑部少輔《けんぎょうぶのしょうふ》となし、駿河守《するがのかみ》は故《もと》の如《ごと》し」（『続日本後紀』承和七年二月壬子〔五日〕条）として、刑部省の少輔に就任している。

これらの史料から判断すれば、仲平は、豊前守や駿河守の地方官に任ぜられているが、間もなく京官として都にもどり、刑部省の少輔などの職に就任したのである。刑部省の少輔は、刑部省の次官クラスで相当の位階は従五位下であった（『令義解』「官位令」）。恐らく、刑部省に抜擢されたのは、仲平は法律にくわしい堅実な人物であったからであろう。

在原朝臣守平《もりひら》は、文徳天皇の天安元（八五七）年正月に「正六位上《しょうろくいじょう》在原《ありわらの》朝臣《あそみ》守平《もりひら》を……従五位《じゅごい》下《げ》に授《じょ》す」（『文徳実録』天安元年正月丙午（七日）条）として、正六位上より従五位下に昇進している。その翌年の天安二（八五八）年四月には「従五位下《じゅごいげ》在原《ありわらの》朝臣《あそみ》守平《もりひら》を大膳《だいぜんの》大夫《かみ》と為《な》し、従四位下《じゅしいげ》在原《ありわらの》朝臣《あそみ》行平《ゆきひら》を左馬頭《さまのかみ》と為《な》す」（『文徳実録』天安二年四月癸巳（二日）条）として、行平とならんで官職を授けられている。大膳大夫の相当官は、「官位令」によれば、正五位上の相当なのである。いうまでもなく大膳大夫は、宮内省に属し、大膳職《だいぜんしき》の長官である。

貞観二（八六〇）年十一月には、朔旦冬至《さくたんとうじ》を祝って「大膳《だいぜんの》大夫《かみ》在原《ありわらの》朝臣《あそみ》守平《もりひら》に……従五位上《じゅごいじょう》を授《さず》く」（『三代実録』貞観二年十一月十六日壬辰条）で守平は従五位上にすすめられている。十年以上も従五位下にとどまっていたことになるのである。

【第十話】

在原守平

守平は、貞観九（八六七）年二月に「従五位上《じゅごいのじょう》守《しゅ》大膳大夫《だいぜんのかみ》、在原《ありわらの》朝臣《あそみ》守平《もりひら》を右衛門権佐《うえもんのごんのすけ》と為《な》す」（『三代実録』貞観九年二月十一日辛巳条）として、十数年とどめ置かれた大膳大夫から、一転して武官の右衛門権佐に就任している。

それにしても右衛門権佐の佐は従五位下の相当であるから、やや降格の観は否めないのである。そのためか翌年の貞観十（八六八）年正月には、右衛門権佐の在原朝臣守平は正五位下を授けられ（『三代実録』貞観十年正月七日壬寅条）、ひきつづき貞観十四（八七二）年二月には「散位《さんい》正五位下《しょうごいげ》在原《ありわらの》朝臣《あそみ》守平《もりひら》を民部大輔《みんぶのだいふ》と為《な》す」（『三代実録』貞観十四年二月二十九日己巳条）とあり、守平は散位より民部大輔となっているのである。ということは、一時期守平は官職から離れていたようである。官位の不満に対する抗議があったのかも知れないのである。

その二年後の貞観十六（八七四）年正月には、「従四位下《じゅしいのげ》行《ぎょう》相模守《さがみのかみ》在原《ありわらの》朝臣《あそみ》守平《もりひら》を信濃守《しなののかみ》と為《な》す」（『三代実録』貞観十六年正月十五日丙子条）として、守平は、相模守より信濃守に転じている。陽成天皇の元慶元（八七七）年正月には「従四位下《じゅしいのげ》行《ぎょう》信濃守《しなののかみ》在原《ありわらの》朝臣《あそみ》守平《もりひら》を……従四位上《じゅしいじょう》と為《な》す」（『三代実録』元慶元年正月三日乙亥条）として、守平は陽成天皇即位の祝いで従四位上に昇進している。

光孝天皇の元慶八（八八四）年二月には「従四位上《じゅしいのじょう》行《ぎょう》左京大夫《さきょうのだいふ》在原朝臣守平《ありわらのあそみもりひら》を右馬寮《うまのりょう》を監護《けんご》せしむ」（『三代実録』元慶八年二月五日丙申条）と見える。それは光孝天皇が陽成天皇の御譲位により即位された時である。

仁和二（八八六）年八月には、守平は「従四位上左京大夫」の身分で、伊勢の斎官の「行禊陪従《ぎょうけつばいじゅう》」を務めている（『三代実録』仁和二年八月十四日庚甲条）。

ここで「正史」はとだえ、守平がその後如何なる官職を歩んだかは不明であるが、彼の職歴から窺えば、守平も堅実な能吏的な人物であったと想像されるのである。恐らく、職責を忠実にこなしていく才能を持ち合せた男で、中級貴族として従四位上まで昇りつめた官吏であったのである。

業平とは、異母兄弟でありながら、その性格や事務官僚としての歩みは、業平とは明らかに異なっていたといわなければならないのである。

それでもあえて相似する点をあげるとすれば、業平が左兵衛佐《さひょうえのすけ》や右近衛権中将《うこんえのごんのちゅうじょう》という武官をながらく務めたのに、一時的であるが、守平は右衛門権佐に就任した事があった。

業平の「放縦不ㇾ拘（放縦《ほうじゅう》にして拘《かかわ》らず）」（『三代実録』元慶四年五月二十八日辛巳条）という性格に類似する者は、兄弟の中には誰も見当らないのである。

業平の兄弟達は共に堅実な実務官僚であったようである。ということは、業平が兄弟のなかにあってもきわだっての異端児であったということなのである。

【第十一話】 朔旦冬至《さくたんとうじ》

在原の兄弟のなかで、その才能を最も思う存分発揮した人物は、なんといっても、次男の行平《ゆきひら》であった。行平の官職が、正史に初めて現れるのは、仁明天皇の承和七（八四〇）年正月に、二十三歳で、六位の蔵人《くろうど》に補せられた時である。しかし、どうした訳か、同年の十二月には、早くも蔵人を辞している（『公卿補任』貞観十二年条）。

その翌年の承和八（八四一）年十一月には、「正六位上在原朝臣行平《しょうろくいのじょうありわらのあそみゆきひら》を、……従五位下《じゅごいげ》に叙《じょ》す」（『続日本後紀』承和八年十一月丙辰（二十日）条）として、朔旦冬至のお祝いに、多くの官人たちと共に、行平は従五位下に昇進して貴族の仲間入りを果しているのである。

「朔旦冬至」というのは、陰暦の一月一日つまり朔旦が、冬至に重なる日の祝いである。これは、十九年ごとにめぐってくるが、平安時代の初めからおこなわれた祝賀の日であった。これを瑞祥《ずいしょう》として祝い、宮中で祝宴がひらかれ、官人達への叙位昇進が発表され、租が免ぜられたのである。

桓武天皇の延暦三（七八四）年十一月一日には「勅《みことのり》して曰《のたま》わく、十一月朔旦冬至《じゅういちがつさくたんとうじ》は、是《こ》れ歴《れき》代《だい》の希遇《きぐう》にして、王者《おうじゃ》の休祥《きゅうしょう》なり」として、京畿《けいき》の当年の田租を免じている（『続日本紀』延暦三年十一月戊戌朔条）。

因みに「休祥《きゅうしょう》」は、「よきさきわい」の意である。「祥《しょう》」は、幸《さきわ》いや、〃きざし〃を意味する言葉である。それは特に吉事のきざしを指している。「休《きゅう》」は「慶《けい》」と同義であり、「休祥《きゅうしょう》」、「休祚《きゅうそ》」、「休兆《きゅうちょう》」などは、ほぼ意味を同じくする言葉である。

この桓武天皇の延暦三（七八四）年十一月一日の朔旦冬至を先例として、延暦二十二（八〇三）年十一月一日にも、朔旦冬至が祝われている。この桓武朝の治政の継承をモットーとされた嵯峨天皇の弘仁十三（八二二）年や、仁明天皇の承和八（八四一）年にもひきつがれて朔旦冬至が祝われてきたのである。これらが恒例となって、平安時代もひきつがれていった官廷行事である。

ただ、清和天皇の貞観二（八六〇）年の場合には、冬至が一日ずれて、十一月二日となったが、無理に合せて、それでも朔旦冬至の祝いが行われているのである。その時、守平も従五位下より従五位上に昇進しているのである（『三代実録』貞観二年閏十月二十三日己巳条）。

これ程までしても、朔旦冬至にこだわるのは、十九年を周期におとずれるこの祝いが、天皇の善政を嘉《よみ》するものであり、その天皇にお仕えする諸臣にとっても、昇進の恩恵にあずかることが出来たからである。

また、「朔旦冬至《さくたんとうじ》は暦数《れきすう》の始《はじま》る所《ところ》にして、帝王《ていおう》の休祥《きゅうしょう》なり」（『三代実録』貞観二年閏十月二十三日己巳条）という観念が中国にあり、それを理想とする桓武天皇以来の伝統が、脈々と代々にひきつがれていたのである。

【第十二話】 業平の兄行平《ゆきひら》

承和八（八四一）年十一月の朔旦冬至に、在原行平は、従五位下に昇進し、晴れて殿上人の仲間入をすることになったが、奇しくも後に行平や業平と、ただならぬ縁で結ばれる紀名虎《きのなとら》も、従四位下より従四位上に叙せられているのである。

行平は、その二年後の承和十（八四三）年には、「従五位下《じゅごいげ》、在原朝臣行平《ありわらのあそみゆきひら》を侍従《じじゅう》と為《な》す」（『続日本後紀』承和十年二月己巳〔十日〕条）として、仁明天皇の近侍となっているのである。

侍従は、天皇の側近にあって「常《つね》に侍《じ》し、規諫《きかん》す。遺《い》たるを拾《ひろ》ひ、闕《けつ》たるを補《おぎな》う」（『令義解』「職員令」）を職掌とするものである。令制では、中務省《なかつかさしょう》に属し、八人の定員と定められていた（「職員令」中務省条）。相当の位は従五位下であったが（「官位令」）、内、三人は少納言が兼任することになっている。その職掌から「近侍《きんじゅ》」、あるいは「拾遺《しゅうい》」とか「補闕《ほけつ》」とも呼ばれていたのである。

もちろん、蔵人所《くろうどどころ》が設置され整備されるにつれて、侍従は、次第に名誉職化していったようであるが、行平の場合は、仁明天皇の信頼された廷臣のひとりであったようである。行平は、臣下とはいえ、仁明天皇と、血縁的に極めて近い関係にあったからである。時に行平は二十八歳であった。

┌平城天皇―阿保親王―行平
└嵯峨天皇―仁明天皇

その忠勤ぶりが認められたのか、承和十三（八四六）年正月七日には、早くも従五位上に昇進し、更に一週間後の正月十三日には左兵衛佐《さひょうえのすけ》に任ぜられているのである。ここに行平は武官の道を歩むことになる。そして同じ年の七月には、右近衛少将《うこのえしょうしょう》となっている（『続日本後紀』承和十三年七月丙寅〔二十七日〕条）。

ただし、『公卿補任』（貞観十二年条）では、行平は承和十三（八四六）年七月二十七日に「左少将」に補せられたと記されている。いずれが正しいかはにわかに判断出来ないが、もともと左右近衛府は平城《へいぜい》天皇の大同二（八〇七）年四月に「近衛府《このえふ》は、左近衛府《さこのえふ》と為《な》し、中衛府《ちゅうえふ》は右近衛府《うこのえふ》と為《な》す」（『類聚三代格』巻四、加減諸司官員并廃置事大同二年四月二十二日）とあり、更に左右の近衛府に、それぞれ大将、中将、少将が置かれたものである。

因みに、少将の相当する位は、先の『類聚三代格』では正五位下とされている。

行平が正式に正五位下に叙せられたのは、文徳天皇の仁寿三（八五三）年正月七日のことである（『文徳実録』仁寿三年正月戊戌〔七日〕条）。その時、行平は備中権介に任ぜられているが、近衛少将は兼任とされていた（『続日本後紀』）。

仁寿三（八五三）年に至るまでの約七年間は、行平は従五位上に置かれたままである。従五位下より従五位上に昇進するのが、約二年間であるのに対し、七年間も、従五位上にとどめ置かれているのである。

【第十三話】

行平《ゆきひら》の須磨隠棲

もう一度整理するならば行平は、承和十（八四三）年に、従五位下に叙せられ、その三年後の承和十三（八四六）年には、従五位上に昇進しているが、正五位下に進級したのは、文徳天皇の仁寿三（八五三）年であるとすれば、七年間も従五位下のまま、とどめ置かれたことになるのである。しかも、その間の行平の政界における活躍の有様は杳《よう》として伝えられていないのである。

このブランクの時代を、あたかも反映するかのように、『古今和歌集』に、行平の須磨隠棲の詞書と、それに関する歌が載せられているのである。「田村《たむら》の御時《おほむとき》に、事《こと》に当《あた》りて、津国《つのくに》の須磨《すま》と言《い》ふ所《ところ》に籠《こも》り侍《はべり》けるに、宮《みや》のうちに侍《はべり》ける人《ひと》に、遣《つか》はしける」との詞書に続いて次の歌がある。

わくらばに　問人《とふひと》あらば　須磨《すま》の浦《うら》に　もしほたれつつ　侘《わ》ぶとこたへよ

（『古今和歌集』巻十八・雑歌下―962）

詞書に見える「田村《たむら》の御時《おほむとき》」というのは、文徳天皇の御治世という意味である。文徳天皇の御陵が、山城国葛野郡田邑郷真原《かどのぐんたむらごうまはら》の岳《たけ》に築かれ、その御陵が田邑（村）陵と称されたので、崩御後文徳天皇を田邑（村）の帝とお呼びしたのである。因みに、この田邑の御陵は、現在の京都市右京区太秦《うずまさ》の地に存在している。

それはともかくとして、行平の須磨への退居は、文徳天皇の即位された嘉祥三（八五〇）年から、正五位下に叙せられた仁寿三（八五三）年の三年間の内のいずれかの時代ということになる。それは、文徳天皇の即位されて間もない時期である。

行平が、如何なる理由で都を離れて須磨に引き籠らなくてはならなかったのかは、『古今和歌集』の詞書だけからは明確に引き出す訳にはいかないのである。それにしても行平は、流罪による配流ではないことだけは確かである。

『延喜式』巻二十九刑部省によれば、越前《えちぜん》、安芸《あき》を近流《こんる》とし、信濃《しなの》、伊予《いよ》を中流《ちゅうる》として、伊豆《いず》、安《あ》房《わ》、常陸《ひたち》、佐渡《さど》、隠岐《おき》、土佐《とさ》の諸国が遠流《おんる》の地と定められているからである。この規定の中にも、京に近い須磨は流罪の地には含まれていないのである。とすれば行平は、自らの政治的配慮から、須磨の地に隠れたと判断せざるを得ないのである。

その原因を文徳天皇の御勘気をうけて行平が須磨に退いたと考えることも、一応可能であろう。しかし、わたくしは文徳天皇が、即位されても、なかなか皇居に入ろうともなされなかった事を、この際想起しなければならないと考えている。

文徳天皇は、仁明天皇の崩御にともなって即位されたが、直ちに皇居に入られず、東宮雅院に長らく留まっておられた。そして仁寿三（八五三）年に、梨下《なしもと》（梨本）院に、その翌年の斉衡元（八五四）年には冷然《れいぜい》院に移られている。

【第十四話】文徳天皇と藤原良房《よしふさ》との確執

文徳天皇が頑なに皇居に入られなかったのは、外舅《がいきゅう》の藤原良房との確執があったと考えられている。文徳天皇は、仁明天皇の御長子であられたが、御生母は、贈太政大臣正一位の藤原冬嗣《ふゆつぐ》の娘、順《のぶ》子《こ》であった。

良房は、順子の兄であるから、文徳天皇の伯父という関係にあった訳である。その上、良房の娘、明子《あきらけいこ》は文徳天皇の女御となって文徳天皇の皇継者となられた清和天皇（惟仁《これひと》親王）が生誕されているから、良房はまた文徳天皇の外舅でもあったのである。

それにも拘らず、文徳天皇がその良房と感情的な対立を深めていかれたのは、皇継をめぐる問題があったからである。

文徳天皇がまだ皇太子時代の承和十一（八四四）年に、早くも長子の惟喬《これたか》親王をもうけられているが、御生母は、紀名虎《きのなとら》の娘の更衣《こうい》静子《せいし》《しずこ》であった。

更衣の静子は、文徳天皇との間に惟喬親王をはじめ惟条《これただ》親王や怡子《やすこ》内親王、述子《のぶこ》内親王、珍子《よしこ》内親王などの御子達をもうけられている。文徳天皇が更衣、紀静子を特に愛されていたからである。それ故、文徳天皇は、自らの後継者に、静子の御子である第一子の惟喬親王を早くから望まれていたようである。

だが、嘉祥三（八五〇）年三月三十一日に、仁明天皇の崩御をうけて文徳天皇が即位されたが、その六日前の嘉祥三年三月二十五日に、藤原良房の娘、明子《あきらけいこ》を御生母とする惟仁親王（後の清和天皇）が生誕されているのである。藤原良房は、素早く朝廷の外戚の地位を獲得するために、惟仁親王の立太子を画策し、猛烈に運動を開始するのである。

紀名虎の娘静子所生の惟喬親王は、既に七歳であり、文徳天皇の期待の御子であったから、文徳天皇は仮りに、惟仁親王を立太子とするにしても、その前にまず惟喬親王を皇太子に望まれていたのである。

『大鏡《おおかがみ》』の裏書《うらがき》には、参議《さんぎ》藤原実頼《ふじわらのさねより》の昔話を伝えて次のように述べている。「文徳天皇《もんとくてんのう》、最《もっと》も惟喬親王《これたかしんのう》を愛《あい》す。時《とき》に太子《たいし》（惟仁親王《これひとしんのう》）幼冲《ようちゅう》なり。帝《てい》は、先《ま》ず、惟喬親王《これたかしんのう》を立《た》て、而《しか》して太子《たいし》（惟仁親王《これひとしんのう》）の長壮《ちょうそう》の時《とき》、還《かえっ》て、洪基《こうき》を継《つが》せんと欲《ほっ》す」。

つまり、文徳天皇は、権臣の良房の外孫に当る惟仁親王を、良房の手前いずれは太子としなければならないと配慮されていたが、生れたばかりの乳幼児の惟仁親王を立太子させる前に、最愛の皇子、惟喬親王を立太子とさせ、惟仁親王を惟喬親王の後継とすることを望まれていたのである。だが、文徳天皇のまわりにはべる公卿達は、良房の権力をはばかって賛意を表すものは、誰もいなかった。最後に、文徳天皇は惟喬親王の立太子の件を源信《みなもとのまこと》に諮《はか》ったが、遂に同意は得られなかったという。

【第十五話】

真済僧正《しんぜいそうじょう》の祈祷

大江匡房《おおえのまさふさ》の想い出話を藤原実兼《さねかね》が筆録した『江談抄《こうだんしょう》』第二によれば、文徳天皇（天安皇帝）は皇位を惟喬《これたか》親王にお譲りになる御希望が強かったが、当時は藤原良房が「天下《てんか》の政《まつりごと》を惣摂《そうせつ》し、第一《だいいち》の臣《おみ》」として、権勢を振っていたが故に、廷臣だれひとりとして良房を憚かって、皇儲《こうちょ》の助言を申し出る者はいなかったというのである。

この立太子問題がいずれとも決着しない間に、真済僧正は、小野親王、つまり惟喬親王の祈祷師となり、これに対し真雅僧都《しんがそうず》は、惟仁《これひと》親王の護持僧《ごじそう》となり、互いに験力を争ったというのである。真済が惟喬親王側につくのは彼が、紀御園《きのみその》の息子で、紀氏一門に連なっていたからである。

真済は、真言宗の僧侶となり、高野山に籠って、十二年間の長きにわたり、荒修行した僧で、そのため嵯峨天皇によって宮中の内供奉十禅師《ないぐぶじゅうぜんじ》のひとりに選ばれている高僧である。

仁明天皇の時代には、請益僧《しょうやくそう》として渡唐しているが、帰国する際に乗船が難破し、助かった者は真済とその弟子真然《しんぜん》の二人のみであったという稀有なる経験のもち主でもあった。帰国するや、僧位も、権律師《ごんりっし》、律師《りっし》、少僧都《しょうそうず》、大僧都《だいそうず》と順当にすすみ、文徳天皇の斉衡三（八五六）年には、最高位の僧正にまでのぼりつめている。

そして、惟喬親王と惟仁親王の立太子をめぐる争いの時は、その同族の紀名虎《きのなとら》側の祈祷師となって、良房側の真雅僧都と法験を競うこととなるのである。

奇しくも、真済は真言宗の空海の愛弟子であり、真雅は空海の実弟という関係にあった。『三代実録』には「今上《きんじょう》（清和天皇（惟仁親王））降誕《こうたん》の日《ひ》、星《ほし》は長男《ちょうなん》の光《ひかり》を垂《た》れ、月《つき》に重輪《じゅうりん》の慶《けい》、有《あ》り」と記るされ、文徳天皇の御意志は御長男（惟喬親王）に傾かれていたのである。

つまりこのままであれば、文徳天皇の御長男の惟喬親王に好運は傾いていったのであるが、それを憂えた「太政大臣美濃公《みのこう》」の良房は、大勢挽回のために、空海の実弟、真雅を担ぎ出し、これと謀って「諸仏《しょぶつ》の加持《かじ》を念《ねん》じ真言《しんごん》の秘密《ひみつ》を修《しゅう》せしめた」（『三代実録』貞観十六年三月二十三日壬午条）というのである。

ここに空海の愛弟子の真済僧正と空海の実弟の法験の争いとなるが、真済僧正は、紀名虎側に立ち、必死に祈祷したが、遂に敗れさったのである。

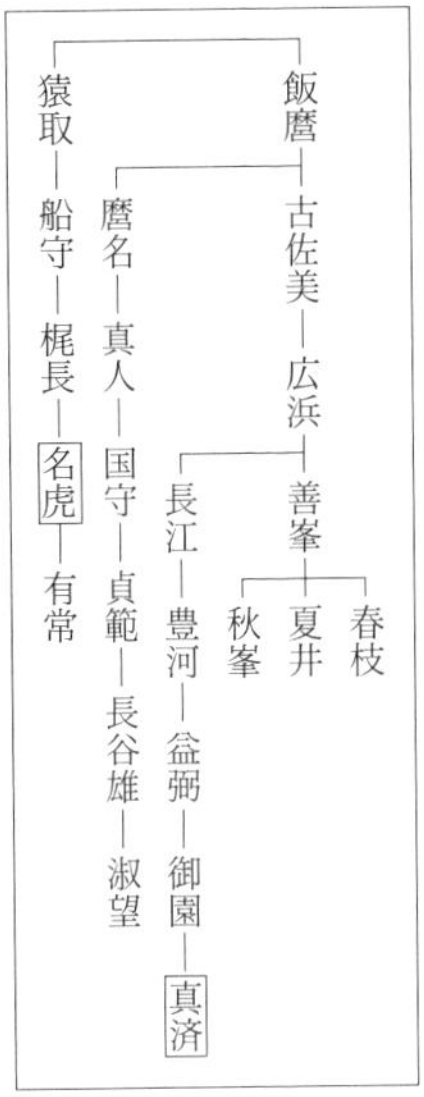

因みに、真済を紀御園の息子とすると、紀名虎との関係は系譜で示すと上の通りである（「紀氏系図」『群書類従』第五輯二七八頁）。

【第十六話】

行平《ゆきひら》須磨の謫居《たっきょ》

紀氏の系図を御覧になっても真済僧正《しんぜいそうじょう》と紀名虎《きのなとら》とは同族ではあるが、わたくしたちの現在の感覚からすれば、血筋の別れから見ても、大分、離れているように感ぜられるだろう。

それにも拘らず、ひとたび紀氏一門の存亡にかかわる事件が起るや、自《おのずか》ら同族的な紐帯が強められ、紀氏一門のためには、それこそ近遠を問わず協力し合う姿を、如実に示しているのである。これは後に触れる紀夏井《きのなつい》や紀長谷雄《きのはせお》はいうに及ばず、紀貫之にも、大なり小なり見られる同族意識であり、門閥政治の藤原摂関家への一種の抵抗であったのである。

その態度は紀氏一族と姻戚によって結ばれる在原業平、それに連なる行平にも窺えるのである。それ故、文徳天皇の惟喬《これたか》親王立太子の御意向をうけて、在原行平が、天皇の股肱《ここう》の臣として活躍したとするならば、良房の強力な政治力で惟仁《これひと》親王の立太子が実現されたあかつきには、在原行平は、一時的に宮廷から身を引き、須磨に隠棲しなければならなかったのではあるまいか。また、後に失意のうちにわび住いをされていた惟喬親王を、最後まで訪ね、慰労しつづけていたのが、在原行平と業平であったことを、この際想起していただければよいのである。

また、この行平の須磨隠棲の事件は、『源氏物語』の「須磨」に、色濃く反映しているのである。

例えば、『源氏物語』の須磨の巻には「須磨《すま》には、いとど、心《こころ》づくしの秋風《あきかぜ》に、海《うみ》はすこしとをけ(お)れど、行平《ゆきひら》の中納言《ちゅうなごん》の、関吹《せきふ》き越《こ》ゆると言《い》ひけん浦波《うらなみ》、よるよるは、げにいと近《ちか》く聞《き》こえて、またなく、あはれなるものは、かかる所《ところ》の秋《あき》なりけり」と述べている。

因みに、ここに見える「行平の中納言の、関吹き越ゆると言ひけん浦波」というのは、『続古今和歌集』に見える行平の、

旅人《たびびと》は　袂《そで》すずしく　なりにけり　関《せき》吹《ふ》き越《こ》ゆる　須《す》磨《ま》の浦風《うらかぜ》（『続古今和歌集』巻十・羇旅歌—876）

の歌を指している。

光源氏の須磨への謫居は、政敵である弘徽殿方《こきでんのかた》が、彼を遠流に処せんと謀っているのを知って、光源氏がそれをかわすために自ら須磨に隠退したものと語られている。恐らく、行平も、良房の政治的圧力をかわし、文徳天皇に累の及ぶのを避けるため自ら須磨の地に逃れて来たのであろう。

当時の須磨は『枕草子』に「関《せき》は逢坂《おうさか》　須磨《すま》の関《せき》」とうたわれるように、畿内でも周辺の地であるから、都にあって権勢を振う人物の影響力の圏外に逃れる所と考えられていたのであろう。

御存知のように須磨の関は、現在の神戸市須磨区の関守町附近で、関守稲荷をその遺跡地と伝えている。

【第十七話】須磨流謫《るたく》と文学作品

須磨の隠棲については、『源氏物語』の一節に、「『むかしこそ人《ひと》の住《す》みかなどもありけれ、いまは、いと里離《さとはな》れ、心《こころ》すごくて、海人《あま》のいゑ（へ）だにまれになむ』と聞《き》き給《たま》へど、『人《ひと》しげく、ひたたけたらむ住《す》まゐ（ひ）はいと本意《ほい》なかるべし。さりとて、みやこをとを（ほ）ざからむんも、古里《ふるさと》おぼつかなるべき』」（『源氏物語』「須磨」）として、光源氏が須磨を隠棲の地と決めた理由を述べている。

いうまでもなく、「ひたたけたらむ住まひ」というのは、『色葉字類抄《いろはじるいしょう》』では、「ヒタタク」を「混沌」と注しているから、人が多く住み、雑踏する場所をいうのであろう。

このような人里繁き場所には、隠棲はまことにおぼつかないが、さりとて、都を、余り遠く離れることも出来ないから、光源氏は須磨の地を選択したというのである。しかも、その須磨に「むかしこそ人の住みかなどもありけれ」と言うように、そこはかつて行平が須磨の地に謫居《たっきょ》の家をかまえていた所だというのである。

このように行平の須磨の流謫の物語は、『源氏物語』に直接影響を与えたばかりでなく、後世の謡曲などにも採りあげられている。

『謡曲百番』に含まれる「松風《まつかぜ》」は、須磨の浦に住む松風、村雨という汐汲の姉妹が行平に愛され、無聊を慰めたという物語である。その一節に、「行平《ゆきひら》の中納言《ちゅうなごん》、三年《みとせ》は爰《ここ》に須磨《すま》の浦都《うらみやこ》へ上《のぼ》り給《たまひ》しが、此程《このほど》の形見《かたみ》とて、御立鳥帽子狩衣《おんたてえぼしかりぎぬ》を、遺《のこ》し置《お》き給《たま》へ共《ども》、是《これ》を見《み》るたびに、いや増《ま》しの思草《おもひぐさ》」として、尽せぬ慕情を旅の僧に切々と訴えているのである。

海人と行平にまつわる説話は既に、『撰集抄』八七の「行平《ゆきひら》絵《え》島海人歌事《しまのあまびとのうたのこと》」に見られるのである。それによれば「むかし行平《ゆきひら》の中納言《ちゅうなごん》と云人《いうひと》いまそかりける。身《み》にあやまつ事侍《ことはべ》りて、須磨《すま》の浦《うら》にうつされて、もしほたれつつ、うらづたひなどしありき給《たまひ》ける」と記るされている。

そして行平が海辺で行き合った海人に、いずこに住むかと尋ねると海人はすかさず、

白波《しらなみ》の　よするなぎさに　世《よ》をすごす　海人《あま》の子《こ》なれば　宿《やど》もさだめず（『撰集抄』八七）

と答えたという。行平はその歌を耳にして「そのぬれ衣《ごろも》をかたしき、舟《ふね》のうちにて世《よ》を送《おく》るあまべのうちにも、かかるなさけの侍《はべ》るたぐひも侍《はべ》りけ」ると感嘆し、「ことにあはれに侍《はべ》り。歌《うた》まことに優《いう》に侍《はべ》り」と感慨にふけったと伝えている。

ここでは、しがない漁人がまことにあわれな歌を詠じて、都人の行平を感嘆せしめているが、謡曲では汐汲の乙女達が行平に愛される程美しく描かれたのである。

それは『源氏物語』の、須磨に隠れ住む明石入道の娘、明石君と都の貴公子、光源氏と運命的な出会いの物語の、延長線上にあるものと見てよいであろう。

【第十八話】

三超《さんちょう》の謠《わざうた》

行平《ゆきひら》が、惟仁《これひと》親王の立太子をめぐる政争の責任を負って、須磨に隠れ住んだ頃の中央政局の主班は「左大臣　正二位　源常《みなもとのときわ》　右大臣　従二位　藤原良房《ふじわらのよしふさ》　大納言　従二位　源信《みなもとのまこと》」（『公卿補任』嘉祥四年条）であった。

左大臣の源常は、源信と共に、嵯峨天皇の皇子の賜姓源氏である。源常は、「容貌閑雅《ようぼうかんが》にして、言《げん》論《ろん》は和順《わじゅん》なり」（『文徳実録』斉衡元年六月丙寅〔十三日〕条）と評されるように、貴公子にふさわしい温好な人物であった。

そして、「才能《さいのう》の士《し》を推引《すいいん》して進《すす》め、讒佞《ざんねい》の徒《と》を悪《にく》みて親《したし》まず、時《とき》の人《ひと》おもえらく誠《まこと》に是《こ》れ、丞《じょう》相《そう》の器《うつわ》なり」（『文徳実録』斉衡元年六月丙寅〔十三日〕条）と評された清廉な政治家であった。

だが、すでに、政治の実権は右大臣の藤原良房にあり、一方の大納言の源信は父君の嵯峨天皇の血筋を受けて、天性風雅な人物であったが、政治の争いは避けつづけ、その結果として常に良房の政策に逆うことはなかったようである（『三代実録』貞観十年閏十二月二十八日丁巳条）。

たとえば、文徳天皇が惟喬《これたか》親王の立太子を源信に相談された時も、源信は、良房の意向をはばかって惟喬親王の立太子を思いとどまるようにと天皇に伝えているのである（『大鏡』裏書）。

かくして、惟仁親王の立太子が実現することになるが、それに対し世論は次のような「三超《さんちょう》の謡《わざうた》」をはやらせて、良房の強引な政治的駆け引きを揶揄したといわれている。

「大枝《おおえ》を超《こえ》て、走《はし》り超《こえ》て、騰《あが》り躍《お》どり超《こえ》て、我《わ》が護《ま》る田《た》にや、捜《さぐ》りあさり食《は》む志岐《しぎ》や、雄々《おお》い志岐《しぎ》や」（『三代実録』清和天皇即位前紀）。

この謡は、大枝から私の大切にしている田に勝手にとびこんだ鴫《しぎ》は、思うにまかせて、餌をついばんでいるという意味である。

この謡にいう大枝は、いうまでもなく、大兄《おおえ》を指している。惟仁親王の長兄にあたる惟喬親王をしのいで立太子されたことを暗喩しているのである。

これを「三超の謡」と称するのは、惟喬親王をはじめ、惟条《これえだ》親王、惟彦《これひこ》親王の三人の兄君を超えて、生後九ヶ月の幼児であられた惟仁親王を、外祖父の良房が権力にまかせて立太子させたことを痛烈に風刺したものだからである。

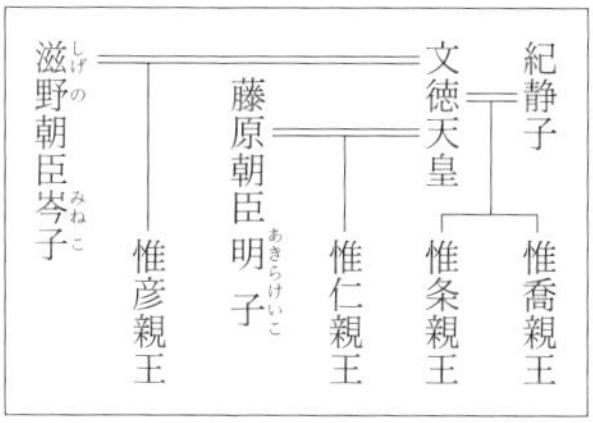

紀静子《きのしずこ》は、正四位下右兵衛督《うひょうえのかみ》の名虎の娘だけに、身分はあくまで更衣《こうい》であったが、文徳天皇に最も愛され、惟喬親王や惟条親王の他に、怡子《やすこ》内親王、述子《のぶこ》内親王及び珍子《よしこ》内親王の御三方の内親王をもうけている。

【第十九話】

行平《ゆきひら》の中央への復帰

行平は、一時的に須磨に隠棲したが、その時も中央政局には、左大臣の源《みなもとのときわ》常や文人官僚の小野《おのの》篁《たかむら》や滋野貞主《しげののさだぬし》らが参議に列していたのである。

小野篁は硬骨の文人官僚であり、仁明天皇より遣唐副使に任ぜられた時、遣唐船の乗船をめぐって大使の藤原常嗣《つねつぐ》らと争い、乗船を拒否して朝議にさからった人物である。これは篁が乗るべき船が、藤原常嗣らの暗躍によって、勝手に変更されたことに対する抗議であった。

しかし、篁の公然たる抗議は当時の法律では勅命に違反することになるのである。その上、篁はあえて「西道《さいどう》の謡《うた》」を作って常嗣らの行為を痛烈に批判したのである。

この篁の詩は、広く世間に流布すると、いつしか嵯峨上皇のお耳に入り、たちまち上皇の逆鱗に触れることになって、篁は隠岐の国に配流されたのである。その時、篁が詠った、

和田《わた》の原《はら》　八十島《やそしま》かけて　漕《こ》ぎ出《いで》ぬと　人《ひと》には告《つ》げよ　海士《あま》の釣舟《つりぶね》（『古今和歌集』巻九・羇旅歌―407）

の歌は、人口に膾炙したと言われている。それは篁への同情が極めて強かったことを示している。

また『古今和歌集』に伝えられる

思《おも》ひきや　鄙《ひな》の別《わか》れに　衰《おとろ》へて　蜑《あま》の縄《なは》たき　漁《いさ》りせむとは（『古今和歌集』巻十八・雑歌下―961）

の歌は、篁への同情をいやが上にもかき立てたようである。この篁の故事は、恐らく行平の隠棲の事件にも結びつけられて想起されたのではないだろうかと、わたくしは考えているのである。

滋野貞主も小野篁の朋友で、優れた漢詩人であり、高潔な人物であった。『文徳実録』には、彼は大宰官人の腐敗を批判し、「恥《はじ》を忘《わす》れて財《ざい》を貪《むさぼ》り、聚斂《しゅうれん》の吏《り》となる」（『文徳実録』仁寿二年二月乙巳（八日）条）と述べて、「此《こ》の如《ごと》きを変《かえ》らざれば、恐《おそ》らく臍《ほぞ》を噛《か》む」ことになろうと上表しているのである。かかる人物が文徳朝に存在したことは、さぞかし在原行平にも心強かったことだったと思われる。

そのような同情者に恵まれていた行平は、仁寿三（八五三）年正月には「従五位上《じゅごいのじょう》……在原朝《ありわらのあそ》臣行平《みゆきひら》を……正五位下《しょうごいのげ》に叙《じょ》す」（『文徳実録』仁寿三年正月戊戌（七日）条）として、宮廷に復帰するのである。そして、同月の十六日には「正五位下《しょうごいのげ》在原朝臣行平《ありわらのあそみゆきひら》を、備中権介《びっちゅうのごんのすけ》と為《な》す。右近衛少将《うこのえのしょう》、故《もと》の如《ごと》し」（『文徳実録』仁寿三年正月丁未（十六日）条）として、備中権介を兼任している。いうまでもなく本官は近衛少将で、備中権介の封録を特別に与えられたのである。

これらの事実から推しても、行平が配流の刑に処せられたのではないことがわかる。「名例律《みょうれいりつ》」という刑法の規定によれば、配流された人物は官位、勲位は悉《ことごと》く除かれ、仮に六年後許されて官職にもどっても、正五位のものは、正八位に降格されて叙せられると、定められているからである。けれども、行平は従五位上より直ちに正五位下に昇進しているのである。

【第二十話】

行平《ゆきひら》の昇進とその曲折

行平は、中央へ帰ると、隠棲の期間を取りもどすように昇進を早めていくのである。正五位下の行平は、その翌年の斉衡二（八五五）年正月には早くも「正五位下《しょうごいのげ》……在原《ありわらの》朝臣《あそみ》行平《ゆきひら》を……従四位《じゅしいの》下《げ》に叙《じょ》す」（『文徳実録』斉衡二年正月戊子〔七日〕条）として、菅原道真の父、是善《これよし》と共に、二階級特進の従四位下に叙せられている。

だが、不思議なことに、一週間後の同月十五日には「従四位下《じゅしいのげ》在原《ありわらの》朝臣《あそみ》行平《ゆきひら》を因幡守《いなばのかみ》と為《な》す」（『文徳実録』斉衡二年正月丙申〔十五日〕条）として、因幡守を命ぜられているのである。

『古今和歌集』は、

立《たち》わかれ　いなばの山《やま》の　峰《みね》に生《お》ふる　松《まつ》としきかば　今《いま》かへりこむ（『古今和歌集』巻八・離別歌―365）

の行平の歌を収めているが、これは行平が因幡守として地方官においやられた時の歌であろう。百人一首にも採られた名歌であるが、なんとしてでも、再び京に帰りたいという気持を切々と訴えているようである。

その二年後の斉衡四（八五七）年正月には、因幡守を兼ねた兵部大輔に任ぜられている（『文徳実録』天安元年正月戊午〔十九日〕条）。

因みに、天安元（八五七）年の二月には、藤原良房は人臣として最高位の太政大臣になっているのである。

それはともかくとして、その翌年の天安二（八五八）年二月には「従四位下《じゅしいのげ》在原《ありわらの》朝臣《あそみ》行平《ゆきひら》を中《なか》務《つかさの》大輔《だいふ》と為《な》す」（『文徳実録』天安二年二月戊辰（五日）条）として、中務の大輔に就任している。

だが、どうしたことか、二月後には「従四位下《じゅしいのげ》在原《ありわらの》朝臣《あそみ》行平《ゆきひら》を左馬頭《さまのかみ》と為《な》す」（『文徳実録』天安二年四月癸巳（二日）条）として左馬頭という武官に移されている。

左馬頭は従五位上が相当の位であるが（『令義解』「官位令」）、職掌は「左《ひだり》の閑馬《かんば》の調習《ちょうしゅう》、養飼《よういく》、供御《くご》の乗具《じょうぐ》、穀草《こくそう》を配給《はいきゅう》する」（『令義解』「職員令」左馬寮条）ことであって、先任の中務大輔に対し、かなり左遷的な人事であるといわなければならない。

この天安二（八五八）年という年は、その正月に惟喬《これたか》親王は大宰帥《そつ》として、九州に出されているのである。『古今目録』には、大宰権帥とあるので、惟喬親王は行平の父、阿保親王と同じく九州に追いやられたと見てよいであろう。

その政治的背景は、文徳天皇の精神的動揺がはげしく、いつ御譲位されるか判らない状態が続いていたことが考えられるのである。この事態に対し良房は惟仁《これひと》親王の御即位を支障なきようにと、惟喬親王及びそれに親しい人たちを左遷して安全をはかったのではないかと、わたくしは考えている。

【第二十一話】 文徳天皇崩御と行平《ゆきひら》

天安二（八五八）年に入ると、文徳天皇の精神的御懊悩の様子が盛んに報じられるようになってきた。三月には文徳天皇の父君、仁明《にんみょう》天皇の深草山陵《ふかくささんりょう》に「頃年《このごろ》、恠異《あやしき》こと屢《しばしば》示《し》めす」ことが起こり、勅使を派遣して祈らしめている。

その理由は、御陵の周辺が穢されていることとしているが（『文徳実録』天安二年三月発酉〔十二日〕条）文徳天皇の御精神が、極めて不安定に陥られたことを示唆しているのだろう。

四月には、全国の主な諸社に勅使を遣わされ「御心《みこころ》に念行《ねんぎょう》とところあるに依《よ》り」御幣《みてぐら》を献《けん》じ、「天皇《すめらみかど》を宝位《あまつひつぎ》動くこと無《な》く、常磐《ときわ》に堅磐《かたいわ》に護《まも》り賜《たま》ひ助《たす》け賜《たまひ》」（『文徳実録』天安二年四月壬寅〔十一日〕条）と皇位の永遠の安泰を祈らしめている。

しかし、早くも八月に入ると天皇には俄かに「不予《ふよ》の事《こと》」が起こり、近侍の人びとが騒動し、精《こころ》を失う事態が起るのである。その翌日には、早くも、「帝《みかど》、病《やま》い劇《はげ》しく、彌《いよいよ》加《くわ》え、言語通《げんごつう》せず」（『文徳実録』天安二年八月壬子〔二十四日〕条）という有様となった。

そして、八月二十七日には遂に「帝《みかど》、新成殿《しんせいでん》において崩《ほう》ぜらる」（『文徳実録』天安二年八月乙卯〔二十七日〕条）として、文徳天皇は崩御されたのである。

文徳天皇は「政事《せいじ》に垂心《すいしん》され、性《せい》、甚《はなは》だ明察《めいさつ》にし、能《よ》く人《ひと》の奸《かん》を知《し》られ、専《もっぱ》ら天下《てんか》の昇平《しょうへい》の化《か》を思《おも》われむ、巡幸遊覧《じゅんこうゆうらん》を好《この》まれず」という御性格であったと伝えられている。

つまり、潔白で、官僚たちの不正を少しもお許しになされなかった。「官署《かんしょ》、屢《しばしば》補替《ほたい》や遷除《せんじょ》の事《こと》を聞《き》き、吏人《りじん》還《かえ》って罷《ことごと》く解散《かいさん》の憂《うれい》を懐《いだ》く」（『文徳実録』天安二年九月甲子〔六日〕条）有様であったと記されている。それ故、文徳天皇は官僚のすげかえをしばしば行われたというのである。

恐らく、藤原良房の権勢への御牽制の方策であろうが、それにも拘わらず太子の惟仁《これひと》親王を載く良房の権威は高まるばかりであったので、いやが上にも文徳天皇の御心痛は強まるばかりであった。見す見す良房の野心を知りながら、有効な手立てを打ち出すことが出来ぬ御苦悩であったのであろう。

文徳天皇が崩ぜられ、惟仁親王が清和天皇として即位されると、すぐに「従四位下《じゅしいのげ》行《ぎょう》左馬頭《さまのかみ》在原《ありわらの》朝臣《あそみ》行平《ゆきひら》を播磨守《はりまのかみ》と為《な》す」（『三代実録』貞観元年正月十三日庚午条）として、播磨守として転任せしめている。その地方官も、翌年の六月には、内匠頭《たくみのかみ》として中央にもどされている。

恐らく、一時的に、惟喬《これたか》親王派と見なされていた行平を地方官に出し、清和天皇の即位に支障なからしめんと良房がはかったものであろう。

【第二十二話】 行平《ゆきひら》参議となる

行平が内匠頭《たくみのかみ》として中央に復帰したとはいえ、内匠頭の職掌は、権力の中枢からほど遠い閑職であった。内匠頭は内匠寮の長官であるが、この内匠寮は、奈良時代の神亀五（七二八）年に令下の官として設けられた役所である。中務省《なかつかさしょう》に属し供御《くご》の雑器を司る役所であった。

しかし、ただ、注意すべき点は、この時代の中務卿は四品《しほん》時康《ときやす》親王であったことである（『三代実録』貞観三年二月十四日戊子条）。時康親王は、清和天皇を継がれた陽成天皇の御譲位をうけて、光孝天皇となられた方である。

その光孝天皇の時代に、中納言民部卿按察使《あぜち》として、行平がその力量をフルに発揮し活躍していることを見ると、この時の官司における結びつきは看過さるべきではないと思っている。

行平は、一時的に閑職の内匠頭に追いやられ、無聊をかこっていたが、早くも貞観二（八六〇）年八月には左京大夫《さきょうだいふ》に抜擢されている（『三代実録』貞観二年八月二十六日癸卯条）。行平の優れた行政能力を無視できなかったのであろう。

左京大夫は、「左京職《さけいしき》」の長官として「左京《さきょう》の戸口《ここう》、名籍《みょうぜき》、百姓《ひゃくせい》を字養《じよう》し、所部《しょぶ》を糾察《きゅうさつ》」（『令義解』「職員令」左京職条）し掌《つかさど》る重要な官吏であった。因みに「字養」の「字」は、「字育」などの語があるように、養う意である。都にあっても、左京がとりわけ重要な地域であったから、左京大夫は顕職であったといってよい。

しかもその行政手腕が認められ、行平は二年後の貞観四（八六二）年正月には、従四位上に昇進している（『三代実録』貞観四年正月七日丙子条）。

それと同時に信濃守に任ぜられているが、その翌年の貞観五（八六三）年三月には、大蔵大輔に就任している。更に、その翌年の貞観六（八六四）年正月には「従四位上《じゅしいのじょう》 行《ぎょう》大蔵《おおくらの》大輔《だいふ》兼《けん》信濃守《しなののかみ》在原《ありわらの》朝臣行平《あそみゆきひら》を備前《びぜんの》権守《ごんのかみ》と為《な》す」（『三代実録』貞観六年正月十六日癸卯条）として、備前権守の封禄を与えられているが、早くも、その年の三月には行平は左兵衛督に任ぜられたのである（『三代実録』貞観六年三月八日甲午条）。

どうも目まぐるしい転職であるが、行平は再び武官にもどされたのである。実は、同じ日に在原業平も「従五位上《じゅごいのじょう》 行《ぎょう》左《さ》兵衛《ひょうえの》権佐《ごんのすけ》在原《ありわらの》 朝臣業平《あそみなりひら》を左《さ》近衛《このえの》権《ごんの》 少《しょう》 将《しょう》と為《な》す」として、同じく武官の左近衛少将に就任しているのである。

業平の官位はその後、ほとんど変らないが、兄の行平は、貞観八（八六六）年正月に正四位上となり、その四年後の貞観十二（八七〇）年正月には遂に「参議」となり、中央政局の一員を占めるようになるのである（『三代実録』貞観十二年正月十三日丙寅条）。

ここに、行平は、在原家を代表する地位を名実ともに占めることになったのである。

【第二十三話】 良房の薨去

行平《ゆきひら》が参議に列する前に、行平の娘文子《ふみこ》は清和天皇の後宮に召され、更衣として、貞数《さだかず》親王や包子《かねこ》内親王をもうけているのである（「在原氏系図」『続群書類従』系図部四九六頁）。

そのうち、包子内親王は、源氏に賜姓されて、左京一条一坊に貫隷されている（『三代実録』貞観十五年四月二十一日乙卯条）。

それはともかくとして、行平が参議として廟堂に立った貞観十一（八六九）年の頃には、先に九歳で即位された清和天皇も既に二十歳を迎えられ、自主的な政治意欲を強められてきた頃であった。天皇が御幼少の砌《みぎり》は、外祖父良房に完全に政治の実権を掌握されていたが、この頃になると清和天皇の御意向が政治の前面に強く反映されるようになるのである。

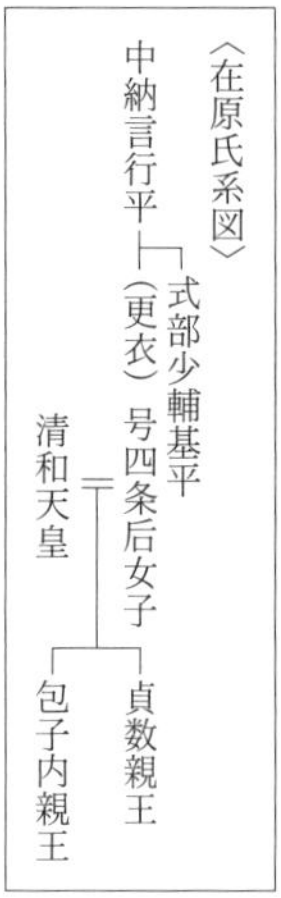

例えば、行平が参議に列した貞観十一（八六九）年の七月には、清和天皇は自ら詔りされて、「旱《かん》雲《うん》、旬《じゅん》に渉《わた》り、農民《のうみん》望《のぞみ》を失《うしな》う。服御《ふくご》の常膳《じょうぜん》は並《なら》び宜《よろ》しく減徹《げんてつ》すべし」とし、日照のため農作物が潰滅的な打撃をうけた農民の惨状を御覧になられて、毎日の食事を自ら減じておられるのである。

この清和天皇の節約振りを見て、藤原良房らの執政官は、名を連ねて「五位已上《ごいいじょう》の封禄《ほうろく》も亦《また》、暫《しばら》くは減折《げんせつ》すべし」（『三代実録』貞観十一年七月二日戊午条）と、申請せざるを得なくなったのである。

これより以前に、清和天皇は勅書で「天安二《てんあんに》（八五八）年以往《ねんいおう》の調《ちょう》、庸《よう》、米《まい》の未進《みしん》は、……皆《みな》、蠲除《けんじょ》に従《したが》へ」（『三代実録』貞観十一年六月二十六日壬子条）として、自らが即位された天安二年に遡ってそれ以後の調、庸、租稲の未進を、すべて免ぜられている。「蠲除《けんじょ》」は、はぶき除く意味である。「蠲《けん》免《めん》」なども同義である。

清和天皇が成人となられた時期の貞観十四（八七二）年九月四日に、太政大臣従一位として権勢を誇った藤原良房は、遂に六十九歳で薨ずるのである（『三代実録』貞観十四年九月二日己巳条、『公卿補任』貞観十四年条、『日本紀略』貞観十四年九月二日己巳条）。

良房の薨去にともなって、大納言であった源《みなもとの》融《とおる》が左大臣として執政の任につくことになる。良房の養子、基経《もとつね》も右大臣として政庁に並び立っていたが、まだ良房に代わって完全に政権を掌握するには至っていないのである。

源融は嵯峨天皇の御子で、皇親の流れをくむ人物であったから、平城《へいぜい》天皇の孫である行平とも、血縁的に極めて親しい関係にあったのである。また参議には、南淵年名《みなふちのとしな》や大江音人《おおえのおとんど》及び菅原是善《これよし》などの優能な官僚たちも加わってくるのである。

【第二十四話】 良房のひととなり

ここで、少し良房の概略を述べておこう。良房は、嵯峨天皇の帷幄《いあく》の臣である冬嗣《ふゆつぐ》の二男である。因みに、長男の長良《ながら》は、良房の養子となった基経《もとつね》や高子《たかこ》の父である。良房の母の藤原美都子《みつこ》は嵯峨天皇の尚侍をつとめていたので、良房も嵯峨天皇より極めて厚い信頼を寄せられており、嵯峨天皇の皇女、潔姫《きよひめ》を妻として賜わるのである。

『文徳実録』には「藤原朝臣良房《ふじわらのあそみよしふさ》、弱冠《じゃっかん》の時《とき》、天皇《てんのう》（嵯峨天皇）其《そ》の風操《ふうそう》、倫《たぐい》を越《こ》ゆるを悦《よろこ》びて、殊《とく》に勅《ちょく》して之《これ》を嫁《とつが》しむ」（『文徳実録』斉衡三年六月丙申（二十五日）条）と記されている。因みに「風操《ふうそう》」は、『晋書《しんじょ》』裴秀伝《はいしゅうでん》に「少《わか》くして学《がく》を好《この》み、風操有《ふうそうあ》り」とあるように、けだかい状《さま》を表すようである。が、一般には「風節《ふうせつ》」と同じように用いられ、風骨と気概のあるさまを示すものであろう。

良房は、天長十（八三三）年嵯峨天皇の御子仁明《にんみょう》天皇が即位されると、直ちに「従五位下藤原《じゅごいのげふじわらの》朝臣良房《あそみよしふさ》を左近衛権少将《さこのえのごんのしょうしょう》となし、……侍従《じじゅう》従五位上《じゅごいのじょう》藤原朝臣長良《ふじわらのあそみながよし》を左近衛権佐《さこのえごんのすけ》と為《な》す」（『続日本後紀』天長十年二月丁亥（三十日）条）として、良房は兄の長良と共に左近衛府の官に任命されている。

同年の八月八日には、早くも良房は、従五位下より正五位下へと二階級特進をはたし（『続日本後紀』

天長十年八月辛卯〔八日〕条）、その三月後の十一月には、近衛権中将へと進んでいる（『続日本後紀』天長十年十一月癸丑朔条）。そして、その翌年の承和元（八三四）年七月九日には、左近衛権中将従四位下藤原良房は、遂に参議に列することになるのである（『続日本後紀』承和元年七月戊午〔九日〕条）。良房、時に三十一歳の若さであるが（『公卿補任』天長十一〔承和元〕年条）わずか一年の間に従五位下から従四位下へと、驚異的な昇進を果しているのである。このことは、良房が卓抜した政治的資質の持主であったことによるものであろうが、嵯峨天皇にみこまれて潔姫を娶り、仁明天皇とは妻を介して義兄弟となっていたことが、大きく影響しているのである。

その翌年の承和二（八三五）年四月には「権中納言《ごんちゅうなごん》従三位《じゅさんみ》藤原朝臣良房《ふじわらのあそみよしふさ》を兼左《けんさ》兵衛督《ひょうえのかみ》と為《な》す」（『続日本後紀』承和二年四月庚寅〔十六日〕条）とあるが、『公卿補任』の承和二年条を見ると良房は、「七人を超えて」権中納言に就任したと注されている。その五年後の承和七（八四〇）年八月八日には、良房は三十七歳で権中納言より中納言となっている（『続日本後紀』承和七年八月辛亥〔八日〕条）。

承和九（八四二）年、嵯峨上皇が崩ぜられて直ちに起きた承和の変では、謀反の計画のいきさつが、業平の父の阿保《あぼ》親王より、皇太后橘嘉智子を介して良房にもたらされると、良房は直ちに主班者とされる伴健岑《とものこわみね》や橘逸勢《たちばなのはやなり》らを捕え、皇太子の淳和天皇の皇子である恒貞《つねさだ》親王が廃されたのである。

その結果、良房の妹、順子《のぶこ》所生の道康《みちやす》親王（後の文徳天皇）が太子に立てられると、良房の権力はにわかに高まるのである。

【第二十五話】

良房の栄華

承和の変を素早くおさめた良房は、この事件で失脚した叔父の藤原吉野《よしの》に代わって、大納言となっている（『続日本後紀』承和九年七月丁巳〔二十五日〕条）。

仁明《にんみょう》天皇の晩年の嘉祥元（八四八）年正月には良房は右大臣にすすむのである。そして道康《みちやす》親王が即位されて文徳天皇となられると、良房は外戚として権力を振うチャンスをとらえ、娘明子《あきらけいこ》が産んだ惟仁《これひと》親王を、生後わずか九ヶ月で皇太子とすることに成功するのである。

しかし、その立太子をめぐる争いの間に、紀名虎《きのなとら》一族と対立するだけでなく、肝腎の文徳天皇とも不和の状態を醸し出す結果となったのである。

もちろん、良房のことであるから、文徳天皇との関係修復の工作は、数々行われていたのである。その一例を示すならば、文徳天皇の仁寿三（八五三）年二月三十日には、文徳天皇が冷然院に行幸され、群臣と景物を賞翫された後に、右大臣の良房宅に桜の花を御覧になられるために行幸されており、六位以上に禄を賜っているのである（『文徳実録』仁寿三年二月庚寅〔三十日〕条）。そのすぐあとに、良房の妻の源潔姫《みなもとのきよひめ》に、正三位を授けているのである。

良房にとって幸運だったのは、その翌年の六月十三日に、左大臣正二位の源常《みなもとのときわ》が薨じたことである。そのため良房は政庁の主班の地位を占めるに至るのである。そして、更に文徳天皇が崩ぜられ、清和天皇が九歳の若さで即位されると、良房は権力を完全に手中に収めることになるのである。

貞観八（八六六）年閏三月一日には、清和天皇の鸞輿《らんよ》は良房の染殿第に行幸され、花樹を覧翫されて、文人たちは落花の雪を詩に賦している（『三代実録』貞観八年閏三月丙子朔条）。まさに、良房はこの世の春を謳歌したのである。

だが、その楽しみも束の間で、三月十日にはいわゆる、応天門の変が起きたが、その変も良房の手でうまくおさめられると、八月十九日には、「天下《てんか》の政《せい》を摂行《せっこう》すべし」（『三代実紀』貞観八年八月十九日辛卯条）として、摂政に任ぜられるのである。ここに権勢は頂点に達することになる。

『大鏡』には、「御女《おんむすめ》の染殿《そめどの》の后《きさき》の御前《おんまえ》にさくらのはなのかめにさされたるを御覧《ごらん》じて、かくよませ給《たま》へるにこそ」とあり、

としふれば　よはひはおいぬ　しかはあれど　はなをしみれば　ものおもひもなし（『大鏡』二巻）

后《きさき》をはなにたとへもうさせたまへるにこそ

と記しているが、まさに良房の栄花に酔う心境は、あたかも万朶の桜がはえる有様であったのである。

しかし、立場を変えて、在原家のひとにしてみれば、

散《ち》ればこそ　いとど桜《さくら》は　めでたけれ　うき世《よ》になにか　久《ひさ》しかるべき（『伊勢物語』八十二段）

と、ひそかに口遊んでいたに違いないのである。

【第二十六話】藤原明子《あきらけいこ》の御悩

良房には明子という娘がひとりいるだけであった。そのため、良房はことのほかに明子を可愛がって育てていった。良房は、早くからこの明子を入内させ、天皇の外戚の地位を得る貴重な持ち駒としたいと願っていた。

良房が目をつけたのは、良房の妹、順子《のぶこ》が産んだ道康《みちやす》親王（後の文徳天皇）の后に明子をすえることである。

『大鏡』裏書に、「太皇太后宮明子御事《たいこうたいごうのみやあきらけいこのおんこと》」として、「天安二《てんあんに》（八五八）年十一月廿五日《ねんじゅういちがつにじゅうごにち》、皇太夫《こうたいふ》人《じん》と為《な》る」と記されているように、仁明天皇の皇太子、道康親王の后《きさき》におさまることとなるのである。

そして、『大鏡』一、清和天皇の条に「廿三《にじゅうさん》にて、このみかど（清和天皇）をうみたてまつり給《たま》へり」とあるように、惟仁《これひと》親王（清和天皇）を産んだのである。

明子の産んだこの皇子を、皇儲《こうちょ》にすえるべく良房が奔走し、「三超」の謗《そし》りをものともせずに、強引に皇太子に立てたことは、先述の通りである。

この間の政争が、紀氏一門との間で起きたのは、いうまでもないことである。清和天皇が即位されると、貞観六（八六四）年正月に明子は皇太后《こうたいごう》となられたのである。貞観十八（八七六）年に清和天皇が譲位されると、父良房の邸宅、染殿《そめどの》に移り、染殿の后と呼ばれるようになる。だが、明子はもともと気鬱の気があったようである。恐らく結果的には良房の政権獲得のための犠牲者であったからであろう。

例えば、『元亨釈書《がんこうしゃくしょ》』や『古事談《こじだん》』三―一六には、明子に「天狐《てんこ》」と称する魔ものが憑依して悩ます話が伝えられている。それによれば、相応和尚《そうおう》が調伏しようとするが、その「天狐」は、「昔《むかし》、紀《きの》僧正《そうじょう》（真済《しんぜい》）存生《ぞんぜい》の日《ひ》、我《わ》が明呪《めいじゅ》を持《じ》す。而《しか》るに今《いま》、邪執《じゃしゅう》を以《も》ての故《ゆえ》に、天狐道《てんこどう》に堕《お》ち、皇后《こうごう》（明子）に着《つ》きて悩《なや》ます」と述べているのである。

つまり、明子所生の惟仁親王と、紀静子《きのしずこ》が産んだ惟喬《これたか》親王の立太子をめぐる争いで、紀僧正真済《きのそうじょうしんぜい》は惟喬親王方の加持僧となって敗れたが、その悔しさから、天狐となったというのである。

『榻鴫暁筆《とうでんぎょうひつ》』十三、怨念執心柿本木僧正では、「后《きさき》の紅顔翠黛《こうがんすいたい》のよそほひを、ほのかに見奉《みたてまつ》り、愛欲《あいよく》の思深《おもいふか》くして、終《つい》にはかなくなり、紺青《こんじょう》の色《いろ》なる鬼《おに》となり、后《きさき》を悩《なやま》し奉《たてまつ》り」と記している。あるいは『寺門　高僧記』十には、明子の邪霊御悩甚だ強きを、大師（智証大師円珍《ちしょうだいしえんちん》）が護持折伏したと述べている。

このような説話が流布されるのは、いかに良房と紀氏一族の争いが後世まで大きな影響を与えていたかを、示唆しているといってよいであろう。

【第二十七話】大宰権帥《だざいのごんのそつ》としての行平《ゆきひら》

さて、話をもとにもどしたいが、先に触れた南淵年名《みなふちのとしな》は、既に貞観四（八六二）年に、右大臣藤原良相《よしみ》によって、能吏の筆頭にあげられた人物である（『三代実録』貞観四年十二月二十七日庚申条）。年名は『貞観格式《じょうかんきゃくしき》』の撰上や、『文徳実録』の編纂に携わった典型的な文人官僚である。元慶元（八七七）年四月の薨伝によれば「性《せい》は、聡察《そうさつ》にして、局量《きょくりょう》有《あ》り、官《かん》に莅《のぞ》めば事《こと》を理《ただ》し、清幹《せいかん》を以《も》って聞《きこ》ゆ」（『三代実録』元慶元年四月八日己卯条）と評されている。

つまり、年名は生れつき聡明な人物で、人を容れる度量を有し、事務官僚としては理論的に仕事を処理し、世間より清らかな官人として見なされたというのである。

大江音人《おおえのおとんど》は、江家の祖とたたえられる学者である（『江談抄』）。彼は、『弘帝範《こうていはん》』三巻や、『群書要覧《ぐんしょようらん》』四十巻などの書を著し、『貞観格式』の撰にも加わっている。音人の母中臣氏は行平の父、阿保《あぼ》親王の侍女であった。そのため、音人は「平城天皇《へいぜいてんのう》の曾孫《ひまご》にして阿保親王《あぼしんのう》の孫《まご》」（『公卿補任』貞観六年条）と註されている。つまり、行平とは異母兄弟の関係にあったというのである。

このような文人官僚は、清和天皇が御成人となられる頃に多く登用されていくのである。かかるグループの一員であった行平は、所を得たように活躍しはじめるのである。

だが、貞観十五（八七三）年十二月には、参議正四位下行左衛門督《さえもんのかみ》在原朝臣行平は従三位を授けられ、奇しくも、父、阿保親王が任ぜられた大宰権帥を拝することになる（『三代実録』貞観十五年十二月十八日己酉条）。

行平が大宰権帥に任ぜられたのは、決して左遷でなく、むしろ、政治的難問が山積みしていた大宰府の問題を解決するための派遣であった。行平が大宰府に赴く際も、「闕《けつ》に詣《もう》でて、拝辞《はいじ》す。詔《みことのり》して殿上《でんじょう》に引《ひ》き、御衣物《ごいもつ》を賜《たま》う」（『三代実録』貞観十六年二月十八日戊申条）とされている。

行平が大宰府で行った改革の一つは、壱岐の嶋の水田百町を対馬国の年料として与えたことである。それ以前においては、筑前、筑後、肥前、豊前、豊後の五国から、それぞれ三百二十石、肥後の国から四百石を集めて、合計約二千石を船で対馬に輸送していたのである。その国費は莫大なものであったという。第二は、肥前国の松浦《まつら》郡の庇羅《ひら》、値嘉《ちか》の二つの郷を併せて、島司郡領を置き、新羅の掠奪にそなえせしめたことである。

また『類聚三代格』によれば、大宰権帥行平が、貞観十八（八七六）年三日に、大野城守備の兵士の粮米を城庫に収めさせることを申請している（『類聚三代格』巻十八「統領選士衛卒衛士仕丁事」貞観十八年三月十三日太政官符）。

更に、対馬の防人に現地人を雇用すべきことを進言している（『類聚三代格』「前書」寛平八年八月九日太政官符）。

【第二十八話】

行平《ゆきひら》の晩年

貞観十八（八七六）年といえば、行平も既に五十八歳に達している。当時でいえば老齢に属するが、行政官としての意欲は未だ少しも衰えていなかった。

行平の晩年の業績を挙げるとしたら、大学別曹《べっそう》として「奨学院《しょうがくいん》」を、元慶五（八八一）年に創立したことである。奨学院は、藤原氏の勧学院《かんがくいん》の西に建てられ、皇室の子孫の学問所とされたものである（『西宮記《さいぐうき》』十七、『拾芥抄《じゅうかいしょう》』中末）。

かつて、藤原冬嗣《ふゆつぐ》が、藤氏の子弟のために開いた勧学院が「才子《さいし》多《おお》く、鶏蹠《けいせき》已《すで》に飽《あ》く、鱗角《りんかく》、稀《まれ》ならず」とたたえられているのを見て、行平が「宗室《そうしつ》の苗緒《びょうしょ》、道《みち》を志《こころざ》し、徳《とく》に歯《よわい》する者《もの》は、当《まさ》に休舎《きゅうしゃ》を得《う》べし」（『本朝文粋』巻五、在納言《ざいなごん》、奨学院を建立《こんりゅう》する為《た》めの状《じょう》）として設けたものである。

「鶏蹠已《けいせきすで》に飽《あ》く」というのは、『淮南子《えなんじ》』を原典とする故事で、斉王が鶏を食するの好み、その残された足骨の数は数千に及んだことから、多く輩出する意に用いられているようである。

「麟角《りんかく》」は、『北史』の「文苑伝」に「学《まな》ぶ者《もの》は牛毛《ぎゅうもう》の如《ごと》く、成《な》る者《もの》は鱗角《りんかく》の如《ごと》し」による熟語である。

「鱗角」は、極めて稀《まれ》なものの喩《たと》えである。

つまり、これは学ぶ者は牛毛のように多いが、目的を達する者は極めて稀であるという意味である。

行平は「宗室《そうしつ》の苗緒《びょうしょ》」、つまり皇室の子孫で、道に志し、徳に入らんとする者のために、奨学院を設立したと述べている。行平が奨学院の門を、藤氏の勧学院に対して建てたのは、明らかに藤原氏に拮抗しようとした意志を示すものであろう。

この当時、臣籍降下して、源姓や平姓などを賜姓された貴公子達は、藤原氏に伍して、中央政局に進出し活躍しているのである。

奨学院創立の元慶五（八八一）年当時においても、藤原基経《もとつね》が関白太政大臣として政庁のトップの座を占めていたが、左大臣 源 融《みなもとのとおる》を筆頭に、大納言 源 多《みなもとのまさる》、参議の 源 勤《みなもとのつとむ》、源 能有《みなもとのよしあり》、源 舒《みなもとののぶる》などが、廟堂に名をつらねていたのである。

この時既に行平は、陽成天皇が即位された元慶元（八七七）年十月に、大宰 権帥《だざいのごんのそつ》から、中央の治部卿に帰り咲いている（『三代実録』元慶元年十月十八日乙酉条）。

そして、元慶六（八八二）年正月に、行平は中納言に任ぜられ、正三位が授けられたのである。時に行平は六十五歳に達していたのである。

元慶八（八八四）年に陽成天皇がにわかに退位され、光孝天皇が即位されると、行平は民部卿兼按察使《あぜち》となったが、仁和三（八八七）年四月には七十歳となった機会に、致仕《ちし》を願い出て許されている。そして宇多天皇の寛平五（八九三）年七月十九日で、七十五歳で薨じているのである（『日本紀略』寛平五年七月十九日条）。

【第二十九話】 歌人としての行平《ゆきひら》（一）

今まで行平の主として政治家としての歩みを見てきたが、行平が、業平と肩をならべる程の歌人であったことも、忘れてはならないのである。

『勅撰作者部類《ちょくせんさくしゃぶるい》』の行平の項には、「古今集《こきんしゅう》　春上一、別一、雑上一、雑下一　後撰集《ごせんしゅう》　恋三、一、雑一、一、　新古今集《しんこきんしゅう》　雑中一　続古今集《しょくこきんしゅう》　旅一　玉葉集《ぎょくようしゅう》　旅一」として、勅撰和歌集に少なからぬ行平の歌が収められていることを示している。

『八雲御抄《やくもみしょう》』にも、『万葉集』の大伴家持《おおとものやかもち》、柿本人麻呂《かきのもとのひとまろ》、山部赤人《やまべのあかひと》とならんで、野相公《やそうこう》（小野《おの》篁《たかむら》）と在納言《ざいなごん》（在原行平）を挙げて「此《こ》の道《みち》（和歌）にたへたる卿相《きょうそう》なり」と激賞されている。

『古今和歌集』に収める行平の、

立《た》ちわかれ　いなばの山《やま》の　峰《みね》に生《お》ふる　松《まつ》としきかば　今《いま》かへりこむ（『古今和歌集』巻八・離別歌―365）

という絶唱は、『百人一首』にも採られた名歌である。

行平は斉衡二（八五五）年正月に因幡守に任ぜられ、斉衡四（八五七）年正月に兵部大輔として京官にもどされるまで、因幡守にとどまっていたから、この間の作歌と見なしてよいであろう。とすると、行平三十八歳前後の歌ということになる。

また『古今和歌集』には「布引《ぬのひき》の滝《たき》にてよめる　在原朝臣行平《ありわらのあそみゆきひら》」とあり、

こき散《ち》らす　滝《たき》の白玉《しらたま》　ひろひをきて(お)　世《よ》のうき時《とき》の　涙《なみだ》にぞかる（『古今和歌集』巻十七・雑歌上―922）

の歌に、業平が、

抜《ぬ》き見《み》たる　人《ひと》こそあるらし　白玉《しらたま》の　まなくも散《ち》るか　袖《そで》のせばきに（同・巻十七・雑歌上―923）

と和している。布引の滝は摂津国兎原郡《うばらぐん》の名所の滝である。現在の神戸市中央区葺合町《ふきあい》の生田川《いくたがわ》の水源にかかる滝である。

『伊勢物語』八十七段では、津の国の菟原《うばら》の郡《こおり》の芦屋《あしや》に住む男（業平）が、兄の衛府督《えふのかみ》達と連れ立って、この布引の滝を見て、歌を読み交したと伝えている。その時、行平と思われる衛府督は、自分の時めく世の中が今日くるか明日くるかと思っているが、その甲斐も無く、現在に至ってしまった。そのため布引の滝の流れと、わたくしの歎きの涙がどちらが長いかと歌っているのが、次の歌である。

わが世《よ》をば　今日《けふ》か明日《あすか》かと　待《ま》つかひの　涙《なみだ》の滝《たき》と　いづれ高《たか》けん（『伊勢物語』八十七段）

それに対し、芦屋に住む主（業平）が、先の、

ぬき乱《みだ》る　人《ひと》こそあるらし　白玉《しらたま》の　まなくも散《ち》るか　袖《そで》のせばきに（同・八十七段）

と答えたというのである。『伊勢物語』では行平を想わせる衛府督は、布引の滝のしぶきがつくり出す白玉を拾い集めて、世の中の辛い時の涙にしようと歌っているのである。業平と異なって栄達の道に進んだと思われる行平も、不遇な時期にあったのは、前述の通りである。

【第三十話】　歌人としての行平《ゆきひら》（二）

行平の最大の苦難の時期は、先に触れたように、須磨の隠棲である。

わくらばに　問人《とふひと》あらば　須磨《すま》の浦《うら》に　もしほたれつつ　侘《わ》ぶとこたへよ
（『古今和歌集』巻十八・雑歌下―962）

は、「事《こと》に当《あた》りて、津国《つのくに》の須磨《すま》と言《い》ふ所《ところ》に籠《こも》りける」時の和歌である。

『続古今和歌集』に「つの《（津）》くに《（国）》にすま《（須磨）》といふ所《ところ》に侍《はべり》ける時《とき》、よみ侍《はべり》ける　中納言《ちゅうなごん》　行平《ゆきひら》」とあり、

旅人《たびびと》は　たもとすずしく　なりぬなり《（なりにけり）》　関吹《せきふき》こゆる　すまのうら風《かぜ》
（『続古今和歌集』巻十・羇旅歌―876）

と歌っている。この歌で注目される点は、行平が須磨に赴いたのは、「流人」としてではなく、あくまで旅人なのであると歌っていることである。

『五葉和歌集《ごようわかしゅう》』にも、「題志《だいし》らず　中納言行平《ちゅうなごんゆきひら》」とあり、

幾度《いくたび》か　同《おな》じ寝覚《ねざ》めに　慣《な》れぬらむ　苫屋《とまや》にかかる　須磨《すま》のうら浪《なみ》
（『五葉和歌集』巻八・旅歌―1223）

とあるが、この歌も「旅歌」に分類されている。わたくしが、須磨に赴いた行平は流人ではなかったと主張することを、裏付けるものといってよいであろう。

それはともかくとして、行平が河原の左大臣と称された源　融《みなもとのとおる》との交流を伝える歌が残されてい

ることは、注目にあたいすると思っている。

「家《いえ》に行平朝臣《ゆきひらあそみ》まうで来《き》たりけるに、月《つき》のおもしろかりけるに、酒《さけ》らなどたうべてまかりたたんとしけるほどに」とあり、

河原左大臣《かわはらのさだいじん》（源融）

照《て》る月《つき》を　正木《まさき》のつなに　よりかけて　あかず別《わか》るる　人《ひと》をつながん（『後撰和歌集』巻十五・雑一―1081）

返《かえ》し　行平朝臣《ゆきひらあそみ》

かぎりなき　おもひの綱《つな》の　なくはこそ　正木《まさき》のかづら　よりもなやまめ（同・巻十五・雑一―1082）

この和歌は、河原左大臣と称される源融の邸宅を行平が訪問し、共に月見の宴を開いた時のものである。恐らく、融の左大臣就任を祝っての訪問ではなかろうかと想像している。

源融が贅を尽して築いた河原院は、左京六条四坊に建てられたもので（『拾芥抄』）、その園池は、陸奥の塩竃《しおがま》の浦を模していたと伝えられている。

ここを訪問した行平を、柾葛《まさきのかずら》（定家葛）でいつまでもつなぎとめたいと歌っているのである。これを見ても、行平と源融の間には、かなり親しい交流が交わされていたことを示している。一つには同じく皇統を引くことがしからしめたのだろうが、また、共に藤原氏からの圧迫をうけていたからではないだろうか。

【第三十一話】行平《ゆきひら》と「歌合《うたあわせ》」

行平は、先述のように歌人として優れていたが、彼はまた「歌合」を初めて行った歌人と見なされているのである。

即ち、『在民部卿家歌合《ざいみんぶのきょうけうたあわせ》』は在原行平の歌合を集めたものである。その中で歌合の有様を、次のように伝えている。

「左《ひだり》には、山《やま》のかたを洲浜《すはま》につくり、右《みぎ》には、あれたるやどのかたを、すはまにつくりてありける」と述べられるように「歌合」の席には、左右それぞれに歌題となる景色を洲浜にしたてて、それにふさわしい歌をつくり合い、優劣を競うものであった。

一番　左　勝

夏《なつ》ふかき　山里《やまざと》なれど　郭公《ほととぎす》　声《こえ》はしげくも　きこえざりけり（『在民部卿家歌合』）

右

あれにける　宿《やど》のこずゑは　高《たか》けれど　山時鳥《やまほととぎす》　まれに鳴《な》くなり（同）

このように、自然の風景を模して洲浜を作り愉しむという精神は、小規模ながら、河原左大臣源《みなもとのとおる》融の趣好と一脈通ずるものがあるようである。

『玉葉和歌集』にある、

ほととぎす　雲居《くもい》の声《こえ》を　聞《き》く人《ひと》は　心《こころ》も空《そら》に　なりぞしにける（『玉葉和歌集』巻三・夏歌―323）

更《ふ》くる夜《よ》に　起《おき》て聞《き》かすば　時鳥《ほととぎす》　はつかなる音《ね》を　誰《たれ》か知《し》らまし（同・巻三・夏歌―324）

の時鳥の歌も「中納言行平の家の歌合に　読人しらず」と記されているのである。

これらの歌は『夫木和歌抄《ふぼくわかしょう》』巻八郭公夏部二には、「仁和元年、行平卿家歌合」と、光孝天皇の仁和元（八八五）年に催された歌合と明記されている。仁和元（八八五）年当時、行平は「中納言　正三位　在《(在原)》行平　六十八　民部卿」（『公卿補任』元慶九〔仁和元〕年条）である。

これから推察すれば、仁和元年前後の頃、つまり大宰　権帥《だざいのごんのそつ》を終えて治部卿や民部卿の職にあった時代に、行平の邸宅で盛んに新しい趣向をもりこんだ歌合が催されたのであろう。

行平としてみれば、最晩年に属する。長い間、藤原良房や基経の門閥政治の重圧に耐え、皇統を引くプライドを心に秘め、王朝の繁栄と伝承保持を一身に荷ってきた行平にとって、最後にたどりついた慰めの場であったのだろう。

行平は、弟業平とは異なり、能吏であったが、風雅を愛する点においては、業平と共通するものがあった。

それにしても、後世に長らく伝統としてつたえられた「歌合」が、行平によって始められたことは、行平の和歌の道における最大の功績として評価してよいと思っている。

【第三十二話】承和《じょうわ》の変《へん》

兄の行平《ゆきひら》が、官界でもめざましい活躍をしているのに対し、その弟の業平は、まさに対照的な生涯をすごして来たのである。

業平が少年時代の十四才の頃、小野篁《おののたかむら》が遣唐船の乗船をめぐって、嵯峨上皇の逆鱗にふれ、隠岐に流されているが、これも遣唐大使藤原常嗣《つねつぐ》に対する必死の抗議であった。この事件が起った仁明《にんみょう》天皇の承和五（八三八）年当時の廟堂は多くの藤原一門によって固められていたのである。

具体的に名をあげるならば、左大臣従二位藤原緒嗣《おつぐ》をはじめ、右大臣の従二位藤原三守《みもり》、中納言藤原吉野《よしの》、同じく中納言の藤原愛発《あらち》や参議藤原常嗣《つねつぐ》が居り、藤原良房も権中納言として連なっていたのである。特に、良房の妻は嵯峨天皇の皇女である源潔姫《みなもとのきよひめ》であり、良房は嵯峨上皇のお気に入りの新進官僚であった。仁明天皇即位と共に良房は側近の蔵人頭をつとめ、翌年の承和二（八三五）年には早くも参議より権中納言として、累進を重ねているのである。

業平が十八歳になった承和九（八四二）年には、業平の父、阿保《あぼ》親王にとって致命的事件となった承和の変が起きている。この事件が勃発する二年前の承和七（八四〇）年五月に、淳和《じゅんな》上皇が崩ぜられているのである。既に淳和上皇の第二皇子の恒貞《つねさだ》親王が、仁明天皇の皇太子に立てられていたが、父帝の崩御によって後楯を失い、次第に将来の不安を抱かれるようになられたという。
もともと嵯峨天皇の時代から、天皇は皇弟の大伴《おおとも》親王（淳和天皇）と盟約を交され、この御兄弟の御子孫が、交互に皇位につくときめられていたのである。

奈良時代の天武系の天皇は、いわば嫡子継承をつらぬいてきたが、天智系を本流とする平安時代の桓武天皇においては、平城天皇の皇太子に皇弟の嵯峨天皇を擁立されているのである。

それをうけて嵯峨天皇は、次の天皇として皇弟の大伴親王（淳和天皇）を皇太子に推されたのである。そして淳和天皇は退位されると、自らの皇子を立てず、嵯峨上皇の第一皇子正良《まさよし》親王が即位され、仁明天皇となられたのである。それをうけて仁明天皇も約束に従われ、淳和上皇の第二王子、恒貞親王を皇太子に立てられたのである。

しかしこの頃になると、藤原良房の権勢はにわかに強まり、仁明天皇と、良房の娘順子《のぶこ》との間に生誕された道康《みちやす》親王（文徳天皇）の存在が、恒貞親王の不安をかきたてていたのである。

この皇統の交替は、あくまで皇室の家父長的存在として君臨された嵯峨上皇の強い御意志に支えられたものであった。しかるに嵯峨上皇が承和九（八四二）年七月十五日に崩ぜられたことによって、一気に瓦解の危険にさらされるのである。

桓武天皇┬嵯峨天皇―仁明天皇―文徳天皇
　　　　└淳和天皇―恒貞親王

それを見た恒貞親王につかえる春宮坊帯刀《とうぐうぼうたてわき》の伴健岑《とものこわみね》らが、恒貞親王を奉じて東国に赴く計画が発覚したのである。

【第三十三話】 阿保《あぼ》親王の密告

この承和《じょうわ》の密謀が曝露する切っかけは、業平の父君である阿保親王が、伴健岑《とものこわみね》から知らされたいきさつの書を、嵯峨上皇の太皇太后の 橘 嘉智子《たちばなのかちこ》に密告したことにある。嘉智子は直ちに中納言正三位の藤原良房に相談されたが、それが遂に仁明天皇に伝奏され、露見することになったのである。良房の行動は素早く、首謀者と見なされていた 橘 逸勢《たちばなのはやなり》と伴健岑は拘禁されてしまった。その際に出された 詔《みことのり》 には、伴健岑らと橘逸勢が合力《ごうりき》して「国家《みかど》を傾《かたむ》けん」と謀ったと述べられている。そして、皇太子（恒貞《つねさだ》親王）は直接謀議に関わりなかったが、結果的には善からぬ人にかつがれた責任はまぬがれぬとして、廃太子とすると記しているのである（『続日本後紀』承和九年七月乙卯〔二十三〕条）。

この事件を早く処理した功で、藤原良房は大納言に昇進しているのである。そして、仁明《にんみょう》天皇の皇子、道康《みちやす》親王（文徳天皇）が立太子することになる（『続日本後紀』承和九年八月乙丑〔四日〕条）。だが、承和の変の端緒を導いた阿保親王は、その事件の結末を見て相当動揺されたようである。恐らく阿保親王は、伴健岑の謀議を知らされた時、直ちにかつての平城《へいぜい》上皇と藤原薬子《くすこ》のいまわしい記憶をまざまざと想起されたのであろう。そして自らも、この政争に巻き込まれる危険を避けなければならないと必死の思いで、橘嘉智子に相談されたのだろう。その結果は、阿保親王の目論見とは大きくかけはなれて、逆に藤原良房に利用され、あまつさえ多くの犠牲者を出すことになってしまったのである。その臍を噛むような後悔は、阿保親王の精神を蝕《むしば》みつづけ、承和の変の二月後に阿保親王は五十一歳で薨ぜられたのである（『続日本後紀』承和九年十月壬子（二十二日）条）。

また阿保親王のみならず、この事件を良房に告げられた太皇太后の橘嘉智子も、ある意味では被害者であった。というのは、確かに仁明天皇の皇子の道康親王（文徳天皇）が太子に立てられ、自らの直系の孫が天皇に即位される結果になったが、それにしても、一門の橘逸勢を伊豆へ廃流させ、途中の遠江国で死亡せしめているのである。

橘逸勢は、橘家の将来を荷う人物と見なされ、世間からも「橘秀才」ともてはやされていた人物であり、また能書家としても、その令名を高めていただけに、橘氏にとっては、いわば希望の星であった。彼は、右中弁従四位下入居《いりい》の子であったが、「性《ひと》と為《な》り、放誕《ほうたん》にし、細節《さいせつ》に拘《かかわ》れず」（『文徳実録』嘉祥三年五月壬辰（十五日）条）と評された豪放な男であった。

だがそれは、藤原一門にかえって警戒され、承和の変が起ると、無理矢理に伴健岑の同類とされ、弁明も許されず、伊豆に配されることになった。しかし後の文徳天皇の仁寿三（八五三）年五月に、逸勢は冤罪とされ、従四位下を追贈されている（『文徳実録』仁寿三年五月甲寅（二十五日）条）。

【第三十四話】 業平の政治嫌悪

橘《たちばなの》嘉智子《かちこ》にしてみれば、一族の橘逸勢《はやなり》を失ったばかりでなく、娘の正子《まさこ》内親王（淳和《じゅんな》天皇の皇后）が産んだ恒貞《つねさだ》親王を、廃太子に追いやることとなったのである。その時、正子内親王は、「震怒《しんど》され、悲号《ひごう》して、母《はは》の太后《たいこう》（橘嘉智子）を怨《うら》む」（『三代実録』元慶三年三月二十三日癸丑条）と記されている。

承和《じょうわ》の変は、皇室内部の分裂を生む結果となったが、それを利用して巧みに勢力を確固としたのは藤原良房であったが、それに反して、父君の阿保《あぼ》親王を悶死させた奇怪な政治のカラクリを、十八歳の多感な時期に、業平はまのあたりにしたのである。

業平がその後政治の世界に背を向け、専ら風流の世界に耽溺していくのは、かかる苦い経験があったといわなければならないであろう。それと同時に業平は政治的敗亡者に、強い共感を持ちつづけていくことになるのである。

ところで業平は、恐らく十五、六歳で元服をしたようであるが、その初冠《ういこうぶり》の頃の業平を主人公に仕立てた物語が、「むかし、おとこ《(を)》、うゐ《(ひ)》かうぶりして、平城《なら》の京《きやう》、春日《かすが》の里《さと》にしるよしして、狩《かり》に往《い》にけり」として『伊勢物語』の初段に記されている。

もちろん、この「昔、男」が業平と断言することは誡《いまし》められなければならないが、業平は阿保親王と伊都《いず》内親王の御子であったから、奈良の地には「しる」、つまり領有する地域があったことは事実であったようである。

『名跡幽考《みょうぜきゆうこう》』によれば「磯上寺《いそのかみでら》は磯上村《いそのかみむら》にて、在原山本光明寺《ありはらやまもとこうみょうじ》と号《ごう》し、在原業平朝臣《ありわらのなりひらあそみ》の住《す》まはれし地《ち》に立《た》られける也《なり》」と伝えられている。ここは現在の奈良県天理市布留町である。更に、この地の近くに僧正遍照《へんじょう》の石上寺《いそのかみでら》も設けられていたといわれている。

遍照は、桓武天皇の御子良岑安世《よしみねのやすよ》の子であり、俗明は良岑宗貞《むねさだ》と称した人物である。在原業平は、桓武天皇の皇子平城《へいぜい》天皇の御子阿保親王の子であるから、良岑一族と血縁的に近い関係にあった訳である。

また業平の祖父に当られる平城天皇は、薬子《くすこ》の変後も旧都奈良に住いされていたので、その一帯には所領が存在し、そのいくつかが在原家にも伝領されたのではあるまいか。その一つが布留の磯上寺となったと考えられるのである。「武烈紀」に、

石《いそ》の上《かみ》　布留《ふる》を過《す》ぎて　薦枕《こもまくら》　高橋過《たかはしす》ぎ　物多《ものさわ》に　大宅過《おおやけす》ぎ　春日《はるひ》　春日《かすが》を過《す》ぎ（「武烈紀」）

と歌われるように、これらの地がすべて、古くは「春日《かすが》の国」（「継体紀」七年九月条）と呼ばれていたのである。

【第三十五話】 春日の若紫

春日の地において「なまめいたる女」の姉妹を見染めた昔男は、すぐさま狩衣《かりぎぬ》の裾《そで》を切り、

春日野《かすがの》の　若紫《わかむらさき》の　すり衣《ごろも》　しのぶのみだれ　限《かぎ》り知《し》られず（『伊勢物語』初段）

という歌を書き贈ったというのである。この歌は、御存知のように源融《みなもとのとおる》の、

みちのくの　忍《しの》ぶもぢずり　誰《たれ》ゆへ（ゑ）に　みだれそめにし　我《われ》ならなくに（『古今和歌集』巻十四・恋歌四―724）

を本歌とするものである。春日の里は、古来より若草採みの名所であった。

かすが野《の》の　わかなつみにや　白《しろ》たへの　袖《そで》ふりはへて　人《ひと》の行《ゆく》らん（『古今和歌集』巻一・春歌上―22）

この紀貫之の歌は、醍醐天皇の仰せで献じたものだが、春日野に白妙の袖を振る乙女たちの若々しい姿が描かれているといってよいであろう。

だがもう一つ、この『伊勢物語』で注意したい点は「春日野の　若紫の　すり衣」と歌われていることである。この「若紫」の言葉を耳にすると、誰もが『源氏物語』の「若紫」の段を自ずと想起するのではないだろうか。

『源氏物語』の「若紫」は、

知《し》らねども　武蔵野《むさしの》と言《い》へば　かこたれぬ　よしやさこそは　紫《むらさき》のゆゑ（『古今六帖』五）

の歌を下地にした歌と解されているが、わたくしはそれよりはむしろ、

紫《むらさき》の　ひともとゆへ（ゑ）に　武蔵野《むさしの》の　草《くさ》はみながら　あはれとぞ見《み》る

（『古今和歌集』巻十七・雑歌上―867・読人知らず）

の歌のほうが『源氏物語』の「若紫」にふさわしいと考えている。平安時代の都人にとっては、野に咲く一輪の紫草は、あくまで可憐な永遠の乙女のイメージであったのである。

それはともかく、『伊勢物語』では春日の野で見い出した女性に、源融の歌にもとづく恋歌を贈っているが、ここに引き出されている、この源融も在原行平《ゆきひら》、業平兄弟にとっては、親しい交友圏内に属する人であった。

河原左大臣と称された源融が、訪問して来た行平をいつまでも引きとめ、帰さなかった話が伝えられるように、源融は在原家とはごく親しい間柄であったのである。源融は、嵯峨天皇の御子であり、在原行平、業平が嵯峨天皇の兄君である平城天皇の孫に当たり、共に桓武系の皇統を引く貴公子であったからである。

しかも源融は、常に良房の養子である藤原基経《もとつね》に政治的な迫害をうけ、その鬱憤を風流にまぎらわして生きてきた人物であった。それ故、同じような境遇に置かれた在原行平、業平の兄弟ととりわけ親しい交流を重ね、共に慰め合っていたのである。その共感が、『伊勢物語』の初段の「若紫のすり衣」の歌に投影されているのである。

【第三十六話】

業平の官位停滞

業平は、兄の行平《ゆきひら》が侍従に任ぜられた翌々年の承和十二（八四五）年に、二十一歳で初めて左近《さこんの》将監《しょうげん》に任ぜられた（『古今和歌集目録』）。この職は、武官であり、左近衛府の四等官である。称徳天皇の天平神護元（七六五）年二月に、それまで置かれていた授刀衛《じゅとうえい》が近衛府と改められた時、正三位相当の大将、従四位下の中将、正五位下の少将が置かれ、その下に将監四人が配され、従六位上相当官とされたものである（『続日本紀』天平神護元年二月甲子〔三日〕条）。

恐らく、業平も、初めて任官した当時は従六位上であったのであろう。だが、この職は、一般にその性質上、上級貴族の子弟が就職するようなものではないのである。

阿保《あぼ》親王と伊都《いず》内親王の御子でありながら、業平にこのような官職をあてがわれるのは、明らかに不当であるといわなければならない。

業平の「放縦《ほうじゅう》拘《かかわ》らず、略《ほぼ》才学《さいがく》無《な》し」（『三代実録』元慶四年五月二十八日辛巳条）と評される不軌な性格や行動がはじめから禍いしたのではなかろうか。

その四年後の嘉祥二（八四九）年正月には、「无位《むい》在原《ありわらの》朝臣《あそみ》業平《なりひら》を……従五位下《じゅごいのげ》に授《じょ》す」（『続日本後紀』嘉祥二年正月壬戌〔七日〕条）としてやっと貴族に列する従五位下に昇っている。業平二十五歳の時であるが、不思議なことに、ここではあえて「无《む》（無）位《い》」と記されているのである。この記載を信ずるならば、業平は左近衛府の将監の職を全う出来ず、従六位上の官位も取り上げられたと考えなくてはならない。

その間に、まさに青春時代を迎えた業平は専ら、色好みや和歌の道に耽溺していたのではないだろうか、と、わたくしは考えているのである。それにしても、あくまで皇統を引く貴公子であったから、二十五歳に達した際に、仁明《にんみょう》天皇が憐れんで従五位下を授けられたのではあるまいか。

それより貞観四（八六二）年三月に、業平が「正六位上在原朝臣業平《しょうろくいじょうありわらのあそみなりひら》を従五位上《じゅごいじょう》に授《じょ》す」（『三代実録』貞観四年三月七日乙亥条）として、従五位上に昇進するのに、十三年間もかかっているのである。

その際も、業平は従五位下ではなく、それより一級下の正六位上と記されているのである。これも業平のいわゆる乱行が禍いしたのであろうが、それでも昇進されたのは、その前年、業平の生母である伊都内親王が貞観三（八六一）年九月に薨ぜられたためではないだろうか。半年の喪があけた際に、清和天皇が従五位上を業平に授けられたのであろう。

伊都内親王が薨ぜられた時、清和天皇は「事《こと》を視《み》ざる事《こと》、三日《みっか》」として喪に服されたと記されている（『三代実録』貞観三年九月十九日庚寅条）。

【第三十七話】 業平の母性思慕

業平の母、伊都《いず》内親王が晩年に長岡京に隠棲されていたことは先に触れた通りである。『古今和歌集』巻十七・雑歌上―九〇〇には「業平朝臣《なりひらのあそみ》の母《はは》の皇女《みこ》、長岡《ながおか》に住《す》み侍《はべ》りける」と記されているからである。長岡京は、伊都内親王の父君桓武天皇が、一時期、都とした土地である。それ故、伊都内親王もこの地に所領を有し、ここに退居されていたのであろう。

因みに、伊都内親王の京のもとのお住いは、洛中の三条坊門南、高倉小路西にあり、後に業平の邸宅にされた所であるとされている。業平が結婚した後この邸宅を譲られ、伊都内親王は長岡京に移られたものであろう。

だが業平は、宮仕えを理由に「時々《ときどき》も、えまかりとぶらはず」状態であったから、年も押し迫った頃に伊都内親王より「とみのこととて」文が業平の許にとどけられてきたのである。

業平があわてて文を開くと、ただ次のような歌が記されていたという。

老《お》いぬれば　さらぬ別《わか》れも　ありといへば　いよいよ見《み》まく　ほしき君《きみ》かな

（『古今和歌集』巻十七・雑歌上―900）

わたくし（伊都内親王）は、すでに老齢に達しているので、いつ急に、死に別れという事態も起らないとは限らない。それを想うと、いよいよあなた（業平）にお逢いしたい気持ちがつのるばかりだ、という意味である。

業平は、とりもあえず次のような和歌を、母に送ったというのである。

世《よ》の中《なか》に　さらぬ別《わか》れの　なくもがな　千代《ちよ》もとなげく　人《ひと》の子《こ》のため（『古今和歌集』巻十七・雑歌上―901）

この世の中に、どうしても避けられない永遠の別れがなければよいと、わたくしはかねてから切に願っていました。ですから、あなたのお命のことを心から憂いている子のためにも、是非長生きして下さい、というのが大意である。その業平の心配もむなしく、伊都内親王は六十歳頃、薨ぜられたのである。ここに至って、業平は愛する両親をともに失うことになるのである。

恐らくそれは、業平の母性依存の性格を如実に語るものであろうが、業平が多くの女性と恋の遍歴を繰返すのも、一つには永遠の母性に対する思慕や甘えの心情が、しからしめたと、わたくしは考えているのである。母性思慕といえば『源氏物語』の光源氏を挙げなければなるまい。光源氏は、亡くなった母、桐壺の更衣の面影を求めて、義理の母の藤壺女御に通じ、その慕う心の代償として若紫を見出していくのである。

業平の女性遍歴は、単なる〝好き心〟というよりも、ひとつには永遠なる女性思慕の念に貫かれたものではないだろうか。それ故、業平が自ら女性を捨てるようなことはなく、世間のしがらみによって別れざるを得なくなったと描かれていくのである。

【第三十八話】

高子《たかこ》との恋

業平は、二十五歳で仁明《にんみょう》天皇の嘉祥二（八四九）年に従五位下に叙せられ、貴族としての身分に至ったが、清和天皇の貞観四（八六二）年に従五位上に昇る十三年間は、それこそ「放縦不拘《ほうじゅうふく》」の生活を繰り返していたようである。この頃は、文徳天皇が皇太子をめぐって藤原良房と感情的に対立されていた時代と重なっていることに、わたくしは注意したいのである。

もちろん、業平は兄行平《ゆきひら》とは異なり、律儀な官人生活には、むかない性格であった。その上心情的にも、藤原氏の門閥政治にはとうていなじめなかった人物であった。そしてその憂さを和歌の道に求め、それにつれて恋の迷路にさまよいゆく多感な青年時代を過ごしていたのである。そのため、真面目に官庁に勤め、コツコツと法律文書を作成したり、施行していく能力を自ら厭うようになっていったのである。それはまた、藤原良房一門の政治的壟断に反発していく結果になるのである。

その象徴的な事件が、藤原高子の密通に関する一連の物語だといってよい。高子は、良房の養子となり、最大の権勢をほしいままにした藤原基経《もとつね》の実の妹であった。高子は十五歳にして、父長良《ながら》を失い、叔母の五条后順子《ごじょうのきさきじゅんこ》（仁明天皇皇后）に引きとられて養われていた女性である。

高子の兄の養父となった良房は、早くから高子を後の清和天皇の后として期待しており、貞観元

（八五九）年十一月の大嘗祭に行われた「五節舞《ごせちのまい》」（『三代実録』貞観元年十一月十九日庚午条）に、高子を五人の舞姫のひとりとして差し出している。その功により、藤原高子は従五位下に叙せられているのである（『三代実録』貞観元年十一月二十日辛未条）。

その高子については、陽成天皇の「即位前紀」に次のような挿語が述べられているのである。

高子の兄の基経は、高子が清和天皇に入内《じゅだい》する前の初夢に、次のような不思議な夢を見たという。高子が、庭の中に横たわっていたが、急に腹が脹らみ、それがやがて潰れると腹中から出た気が天に昇り、やがて太陽となったというのである。それより間もなく高子は清和天皇の后となり、貞観十（八六八）年十二日に、染殿院《そめどのいん》において陽成天皇を産まれたというのである。

その高子が入内《じゅだい》する以前のことであるが、『古今和歌集』巻十三・恋三―六三二に「東《ひがし》の五条《ごじょう》わたりに、人《ひと》を知《し》りをきて（お）まかり通《かよ》ひけり」とあるのは、先に述べたように五条后順子の邸宅に養われていた高子の許に業平が妻問いをしたことを伝える記述である。

もちろん高子は惟仁《これひと》親王（清和天皇）の后の候補として大切に養われていたから、業平がかよってくることは、とうてい藤原基経らは認めることはできなかったのである。

そのため、監視の目をひからせていたので、業平は秘かに「忍《しの》びなる所《ところ》なりければ、門《かど》よりしも、え入《い》らで、垣《かき》の崩《くず》れより」通わざるを得なかったのである。業平の妻問いが「度重《たびかさ》なりければ、主《あるじ》聞《き》きつけて、かの道《みち》に夜《よ》ごとに、人《ひと》を伏《ふ》せて守《まも》ら」せたのである。

【第三十九話】

芥川《あくたがわ》

高子《たかこ》との恋を妨害された業平は、次のような嘆きの歌を残している。

人《ひと》しれぬ　わが通《かよ》ひぢの　関守《せきもり》は　よゐ(ひ)よゐ(ひ)ごとに　うちも寝《ね》ななむ（『古今和歌集』巻十三・恋歌三―632）

恋の邪魔する奴は、さっさと寝てしまえばよいものをという意味であろう。

御存知のように、この物語も、『伊勢物語』五段に採録されているが、ここでは高子の兄の基経《もとつね》らが業平をさまたげる関守として描かれている。そして更に、昔男が女性を盗み出し、芥川まで逃げて来た話にまで発展するのである。

芥川は、現在の大阪府高槻市芥川町に流れる川であるという。芥川がことさらに、その舞台にかつぎ出されたのは、『大和物語』に、

人《ひと》をとく　あくたがはてふ　津《つ》の国《くに》の　なにはたがはぬ　君《きみ》にぞありける（『大和物語』百三十九）

と歌われるように、芥川の「あく」に、「飽く」がかかるからであろう。

『大和物語』では、醍醐天皇の女御であった源知子《みなもとのともこ》の女房の許に、故兵部卿の長男である色好みの男性がしばしばおとずれたが、やがて「とひたまはざりける」かれがれの状態になった時、その女房が「人をとくあくたがわ」の歌を男の許に送ったというのである。

『伊勢物語』では、昔男が盗み出して来た女性をあばらなる蔵に隠し、弓䉤《ゆみやなぐい》で武装して夜通し守っていたが、急に鬼が出て一口に食われてしまったと述べている。昔男はそこで、

白玉《しらたま》か　なにぞと人《ひと》の　問《と》ひし時《とき》　露《つゆ》と答《こた》へて　消《き》えなましものを（『伊勢物語』六段）

と歌って嘆き悲しんだのである。

だが、『伊勢物語』には、御丁寧にも、この話の真相は、業平が高子を盗み出したが、高子の御兄《ごせう》人《と》の堀河の大臣《おとど》（藤原基経《もとつね》）と国経《くにつね》の大納言が、まだ下﨟《げろう》の時代にうばいかえしにきたことだと、曝露している。「それを、かく鬼《おに》とはいふなりけり。まだいと若《わか》うて、后《きさき》のたゞにおはしける時《とき》とや」と記しているのである。業平と高子の密通事件が、当時とかく噂にのぼったが、業平が高子から強引に引き裂かれたことは、ほぼ間違いのない事実であったと考えてよいであろう。その恋で、最後まで未練を残したのはあくまで業平であって、どちらかといえば高子にとっては、業平に誘引された一時的なアバンチュールであったかも知れないのである。それ故、「芥川」の飽くは業平ではなく、高子であったかも知れないと思っている。

『古今和歌集』巻十五、恋歌五―七四七の冒頭に、「五条后《ごじょうのきさいの》、西《にし》の対《たい》に住《す》みける人《ひと》……睦月《むつき》の十日《とをか》あまりになむ、他所《ほか》へ隠《かく》れにける。在《あ》り所《どころ》は聞《き》きけれど、えもの言《い》はで」とあるが、業平から引き裂かれた高子が基経らによって、業平の手のとどかぬ場所に隠されたことを如実に物語っているのであろう。高子は基経らにとって、なんといっても清和天皇の后とすべき大切な宝であったからである。

【第四十話】

基経《もとつね》の権勢

高子《たかこ》の兄、基経は、父長良《ながら》の弟、良房《よしふさ》が跡継ぎの男子に恵まれなかったので、迎えられて、良房の養子となった人物である。彼のひときわ秀でた政治的感覚が、叔父良房の目にかなったからであろう。

事実、基経は良房の期待を裏切らず、政界ではなばなしい活躍を見せていくのである。特に、応天門の変では、良房と共に巧みに裏面工作を行い、その功績で乱後、直ちに七人を超えて従三位中納言に昇進するのである（『三代実録』貞観八年十二月八日己卯条）。

その七人のなかには、有能な官人である南淵年名《みなふちのとしな》や大江音人《おおえのおとんど》が含まれていたが、彼らを超えて基経は三十一歳の若さで中納言に昇進したのである。

その四年後の貞観十二（八七〇）年正月には従三位大納言となっている（『三代実録』貞観十二年正月十三日丙寅条）。この時、正四位下在原行平《ゆきひら》も参議に任ぜられている。

貞観十四（八七二）年八月には右大臣となっている。その時の清和天皇の策命《さくめい》には、基経を「元来《もと》、誠《まこと》を致《いた》して、日夜《にちや》と無《な》く、慎《つつし》み奉《たてまつ》るの上《うえ》に、朝政《ちょうせい》も能《よ》く堪《た》え奉《たてまつる》べき器《うつわ》なるに」（『三代実録』貞観十四年八月二十五日癸亥条）と称えているのである。最高の官僚として、万端そつなくこなす能吏であったというのであろう。

だが基経が右大臣に任ぜられて一週間後には、養父の太政大臣良房が六十九歳で薨じている（『三代実録』貞観十四年九月二日己巳条）。彼は正一位を贈られ美濃公となり、忠仁公と諡されるのである。

清和天皇が陽成天皇に譲位されると、陽成天皇が、基経の妹、高子の御子であるため、伯父の基経は摂政に任ぜられるのである。その後、畿内を中心に五十年ぶりに班田を施行したり、藤原保則《やすのり》を起用して出羽俘囚の乱を終焉させたり、国政によく尽力しているのである。

元慶四（八八〇）年十二月四日には、左大臣の源融《みなもとのとおる》を越えて関白太政大臣に任ぜられているのである（『三代実録』元慶四年十二月四日癸未条）。その時、基経を「朕《ちん》（陽成天皇）の親舅《しんきゅう》なり、忠貞《ちゅうてい》心《しん》を持《もっ》て、御世御世《みよみよ》より天下《あめのした》の政《まつりごと》を相《あい》あななひ、助奉《たすけたてまつ》る事《こと》も久《ひさしく》なりぬ。又朕《またちん》の未《いま》だ初載《しょさい》に及《およ》ばざるの時《とき》より輔導《ほどう》し崇《あつ》く護《まも》り供《そな》へ奉《たてまつ》れる」と、その天皇補佐の功績をたたえている。

基経は、陽成天皇のあとに、源融を退けて光孝天皇を擁立するが、光孝天皇の御子の宇多天皇が即位されると、阿衡《あこう》の紛議を引きおこすのである。

基経は恐らく皇室の外戚からはずれても、依然としてその威信は変らぬことを示し、絶大な摂関家の権力を誇示したのであろう。

このように基経は確かにすぐれた政治力を充分にそなえており、その行政にも見るべきものがあったけれど、彼のその目標とするものは、あくまで外戚による摂関家の確立にあったのである。そのため、源融を排し、業平と高子の恋を犠牲にすることをいとわなかったのである。

【第四十一話】 業平の東下り

高子《たかこ》に未練を残す業平は、その翌年の梅の花が盛りの時、「月《つき》の面白《おもしろ》かりける夜《よ》、去年《こぞ》を恋《こ》ひて、かの西《にし》の対《たい》に行《い》きて、月《つき》の傾《かたぶ》くまで、あばらなる板敷《いたじき》に伏《ふ》せりて、よめる」として、

月《つき》やあらぬ　春《はる》や昔《むかし》の　春《はる》ならぬ　わが身《み》ひとつは　もとの身《み》にして（『古今和歌集』巻十五・恋歌五―747）

という嘆きの歌を詠じたのである。

『伊勢物語』では、業平は、后がねの娘を盗み出した責任を問われ、そのほとぼりの冷めるまで、東国へ身を隠したと記している。「そのおとこ（を）、身《み》をえうなき物《もの》に思《おもひ》なして、京《きょう》にはあらじ、あづまの方《かた》に住《す》むべき国求《くにもと》めにとて行《ゆ》きけり」（『伊勢物語』九段）。

まさに、業平の一生を見る上で、この「身をえうなき物に思なす」という言葉ほど、的確に業平の心境を物語るものはないと言ってよいであろう。業平が自ら、官界にあって律儀に仕事をなしとげ、在原家の家運を高めることは到底、自分にはむかないという自覚をしていたようである。

業平の東下りは、少なくとも一時的であったにしても、宮廷生活からの離脱であったことだけは確かであろう。わたくしはこの事件の前後頃に、業平の兄の行平《ゆきひら》も、須磨への隠棲生活を余儀なくされ、都を離れていたことを想起するのである。

都を離れざるを得なくなった直接の原因は、業平と行平ではそれぞれ異にするが、ともに藤原良房やその養子基経《もとつね》がからんでいた。業平はことさらに、后候補として藤原一門の掌中の玉である高子を盗み出し、良房・基経に政治的打撃を与えることを目論んだ訳ではないだろう。それにもかかわらず結果的には業平は良房・基経にとっては、あくまで許すことのできぬ男と見なされた。そのため、業平は自ら一時的に身を隠さなければならなかったのである。その経緯が、結果的に「東下り」の物語をつくり出したのであろう。

兄行平が須磨に隠棲した話と、業平の東下りの物語は、ともに藤原摂関家からの政治的圧力を一時的に避けるところに共通点が見られるのである。

『古今和歌集』巻九・羇旅歌─四一〇のなかに、三河国の八橋《やつはし》における歌と、武蔵国の隅田河にまつわる業平の歌が載録されているので、「東下り」は少なくとも史実であったと認めてよいのであろう。「東《あづま》の方《かた》へ、友《とも》とする人一人二人《ひとひとりふたり》誘《いざな》ひて行《い》きけり」とあり、都において希望を失った仲間づれで東海道を下ったのであろう。途中の三河国の八橋という所に立ちより、そこに見事に咲き誇るかきつばた（杜若、燕子花）を見て、「かきつばた」という五文字を句のそれぞれの頭《かしら》に据えて詠めと請われて、歌った歌が伝えられている。それはいわゆる折句《おりく》と称するものである。

三河国の八橋は、現在の愛知県知立市《ちりゅうし》八橋町にあったというが、既に『更級日記』には「八橋《やつはし》は名《な》のみして、橋《はし》のかたもなく」として、早くに失われていたようである。

第四十二話

八橋《やつはし》

『伊勢物語』九段では「そこを八橋《やつはし》といひけるは、水《みず》ゆく河《かわ》の蜘蛛手《くもで》なれば、橋《はし》を八《や》つわたせるによりてなむ八橋《やつはし》といひける」と、八橋の名の由来を説明している。業平は、そこで、

唐衣《からごろも》　着《き》つつなれにし　妻《つま》しあれば　はるばるきぬる　旅《たび》をしぞおもふ（『古今和歌集』巻九・羇旅歌―410）

という人口に膾炙した名歌を残すのである。

唐衣は、内裏に仕える女房達が着用した衣服で、袖《そで》も丈《たけ》も短い衣をいうようであるが、ここでは貴族の妻の衣服を指す。「着つつなれにし妻」というは、その唐衣を何度も繰り返し身につけるように、いつも自分に寄りそう愛する妻という意味であろう。

ここに見える業平の妻は、いうまでもなく、紀有常《きのありつね》の娘であろう。紀有常の姉妹の静子《しずこ》は、文徳天皇の更衣となり、第一皇子惟喬《これたか》親王をもうけたが、藤原良房の娘明子《あきらけいこ》の産んだ惟仁《これひと》親王（後の清和天皇）と立太子をめぐって敗れたのである。かかる政治的敗亡者である紀氏一門の娘をことさらに業平が娶るのは、彼女に対する深い愛情があったからであろうが、それと共に藤原良房の門閥政治への反発があったからではないだろうか。

藤原敏行《としゆき》の妻は、業平の妻の妹で、敏行の母が紀名虎《きのなとら》の娘であったから、早くから紀名虎と、その

息子有常とは姻戚関係にあったので、業平と藤原敏行とは、その事情をやや異にするといってよいであろう。業平は自らの選択で、門閥政治の良房から明確に距離を置くことを宣言した訳である。それが直ちに、業平の官位昇進問題にはねかえり、高子《たかこ》問題もそこに加わり、十数年も従五位下のままで停滞されたのである。

しかし、業平の東下りの物語は、後世にいろいろと影響を与えていくのである。『後撰和歌集』には「つらかりける男《をとこ》に」とあり、

絶《た》え果《は》つる　物《もの》とは見《み》つつ　ささがにの　糸《いと》をたのめる　心細《こころぼそ》さよ（『後撰和歌集』巻九・恋一―569）

という歌に対し、

うちわたし　長《なが》き心《こころ》は　八橋《やつはし》の　蜘蛛手《くもで》に思《おもふ》　事《こと》は絶《た》えせじ（同・巻九・恋一―570）

の歌を返しているのである。

この「八橋の蜘蛛手」は『伊勢物語』九段の「水ゆく河の蜘蛛手なれば、橋を八つわたせる」に典拠を求めるものであろう。

また『蜻蛉日記』天延二年にも、「ものいひつく人《ひと》あり。八橋《やつはし》のほどにやありけん。はじめて……かへるさの　くもではいづこ　やつはしの　ふみみてけんと　たのむかひなく」と記されている。これは『蜻蛉日記』の皇子藤原道綱が八橋に住む女性に懸想文を贈った時のものである。ここでも蜘蛛手の八橋と歌っているのである。

【第四十三話】

宇《う》津《つ》の山

業平は八橋を過ぎて、東海道を下り、やっと駿河国の宇津の山にたどりつく。宇津の山は、駿河国の有度《うど》郡と志太《しだ》郡との境をなす山である。現在の静岡市丸子《まりこ》と志太郡との境にある宇津谷《うつのや》峠といった方が判り易いであろう。

業平の東下りの時代では、「いと暗《くら》う細《ほそ》きに、つたかえ（へ）では茂《しげ》り、物心《ものごころ》ぼそく、すずろなるめを見《み》る」（『伊勢物語』九段）有様であった。

ここに見える「すずろ」という言葉は『伊勢物語』十四段にも「むかし、おと（を）こ、みちの国《くに》にすずろに行《い》きいたりにけり」などといろいろな場面に用いられているが、極めて多義に用いられているようである。ここでは「あてもないさま」を意味しているようであるが、先の「すずろなるめを見る」は、むしろ「本意に反していやなこと」を意味しているようである。

だが、すずろなる目を見るといいながら、業平は思いもかけず、そこで偶然に顔見知りの修行者に出逢うのである。修行者から「かかる道《みち》はいかでかいまする」と声をかけられて、はじめて業平は修行者を京で逢ったことがある人物であることを知るのである。

その修行者が京へ帰ることを聞いて、業平はその修行者に、京に残した妻にたよりの文を託した。

その文には、次のような歌がそえられていた。

駿河《するが》なる　宇津《うつ》の山《やま》べの　うつつにも　夢《ゆめ》にも人《ひと》に　あはぬなりけり（『伊勢物語』九段）

この業平の歌は、『新古今和歌集』巻十・羇旅歌―九〇四にも収められ「駿河国《するがのくに》宇《う》津《つ》の山《やま》にあへる人につけて、京《みやこ》につかはしける」という詞書がつけられている。

この歌は、駿河国の宇津の山で思いもかけず修行者にお逢いすることができたけれど、残念なことに現実はおろか夢でさえいとしいあなたにお目にかかることはかないませんね、という意味であろう。

『新古今和歌集』では、この歌の前に「東《あづま》の方《かた》にまかりけるに、浅間《あさま》のたけに煙《けぶり》のたつを見《み》てよめる」とあり、

信濃《しなの》なる　浅間《あさま》のたけに立《たつ》けぶり　をちこち人《びと》の　見《み》やはとがめぬ（『新古今和歌集』巻九・羇旅歌―903）

の歌をのせている。

『伊勢物語』八段では「むかし、おとこ《(を)》有けり。京《みやこ》や住《す》み憂《う》かりけん、あづまの方《かた》に行《ゆ》きて住《す》み所《ところ》もとむとて、ともとする人《ひと》ひとりふたりして行《ゆ》きけり。信濃《しなの》の国《くに》、浅間《あさま》の嶽《たけ》にけぶりの立《た》つを見《み》て」と記して、「信濃なる浅間の嶽に」の歌を附しているのである。

業平が東海道を下った頃は、余程、浅間の噴火がひどかった時と考えなければならないのであろうが、業平は長く棚引く煙に、自らの漂泊の気持ちをたくさざるを得なかったのではあるまいか。

【第四十四話】

富士の山

『伊勢物語』九段では、駿河国の宇津の山につづいて富士の山の歌があげられている。「富士《ふじ》の山《やま》を見《み》れば、五月《さつき》のつごもりに、雪《ゆき》いと白《しろ》う降《ふ》れり」と記している。五月の月隠《つきごもり》は、旧暦五月が終わらんとする時期である。

旧暦では四月、五月、六月を夏の月と考えていたから、五月の末はまさに夏の盛りの時期であった。その夏の盛りにも、富士の高嶺には雪が降っているので、業平は感動したのである。そこで業平は、

時知《ときし》らぬ　山《やま》は富士《ふじ》の嶺《ね》　いつとてか　鹿《か》の子《こ》まだらに　雪《ゆき》のふるらん（『伊勢物語』九段）

と歌ったのである。

『新古今和歌集』巻十七・雑歌中―一六一六にも「五月《さつき》のつごもりに、富士《ふじ》の山《やま》の雪白《ゆきしろ》く降《ふ》れるを見《み》てよみ侍《はべり》ける」という詞書を附して、右の歌を採録している。

古代の都びとのほとんどのひとにとっては、富士の山は、直接目にする機会はほとんどない、あこがれの聖なる山であった。山頂からは煙がたなびいているけれど、いつも白雪が肩を被う山と想像していたのである。

『竹取物語』にも、富士の山は「天《てん》にも近《ちか》く侍《はべ》る」聖山と意識され、不死の薬を燃した煙が立ちな

びく、不死《ふじ》の山《やま》として描かれている。

古書を見ても、富士は、不死の外に、不尽（『万葉集』）、布士（『万葉集』）、富慈（『常陸国風土記』）などとも表記されている。

『万葉集』には、「不死《ふじ》の高嶺《たかね》」を、

　日《ひ》の本《もと》の　大和《やまと》の国《くに》の　鎮《しづめ》とも　坐《いま》す神《かみ》かも　宝《たから》とも　成《な》れる山《やま》かも　駿河《するが》なる　不尽《ふじ》の高峯《たかね》は

（『万葉集』巻三―319）

と讃えている。そして、その不尽には、

　不尽《ふじ》の嶺《ね》に　零《ふ》り置《お》く雪《ゆき》は　六月《みなづき》の　十五日《もち》に消《け》ぬれば　その夜《よ》降《ふ》りけり（同・巻三―320）

として、不尽山には六月十五日の夜にも雪が降ると歌われている。つまり、雪も消えずに絶えないことも「不尽」であるというのである。そのため山部赤人《やまべのあかひと》は、

　田児《たご》の浦《うら》ゆ　うち出《い》でて見《み》れば　真白《ましろ》にぞ　不尽《ふじ》の高峯《たかね》に　雪《ゆき》は零《ふ》りける（同・巻三―318）

と歌っているのである。

この歌は『新古今和歌集』巻六冬歌や『百人一首』にもとられて、今日でも人口に最も膾炙した歌の一つとなっている。

因みに、田児の浦は駿河国庵原《いはら》郡の田子の浦である。現在でいえば、静岡県富士市南部の沼川の浦である。

【第四十五話】 隅田河

業平は、やがて武蔵国と下総国の境まで下ってくる。そこには、隅田河と呼ばれる川が流れていた。隅田河は、「住田」、「角田」または「墨田」などと表記されているが、武蔵と下総の両国の境をなす川であった。この二つの国に江戸時代に至って両国橋《りょうごくばし》が架けられる以前は、船でひとびとを渡していたのである。近世でも、「須田《すだ》の渡し」や「梅若《うめわか》の渡し」などと呼ばれた渡し場が設けられていた。『古今和歌集』には「武蔵国《むさしのくに》と下総国《しもつふさのくに》との中《なか》にある隅田河《すみだがわ》のほとりに至《いた》りて、宮《みや》このいと恋《こい》しう覚《おぼ》えければ」(『古今和歌集』巻九・羇旅歌—四一一)と記すように、業平一行は武蔵と下総の国境を流れる隅田河までさすらい下って来たが、そこで無性に都が恋しくなってきたというのである。

渡るのを拒否するかのように滔々と流れる河を眺めながら、業平は来し方をしみじみと想い返し、無謀にも都を飛び出して来た自分の軽率さを反省したのであろうか。その隅田河に目をやると、「白《しろ》き鳥《とり》の、嘴《はし》と脚《あし》と赤《あか》き、河《かわ》のほとりに遊《あそ》びにけ」るのを見て、その名を渡守に尋ねると、「都鳥《みやこどり》」とつげられるのである。都から遠く離れた鄙の地で「都」というなつかしい言葉を耳にして、業平は早速次のような歌を詠うのである。

名《な》にし負《お》はゞ　いざ言《こと》とはむ　宮《みや》こどり　わが思《おも》ふ人《ひと》は　有《あり》やなしやと (『古今和歌集』巻九・羇旅歌—411)

この『古今和歌集』の業平の歌物語は、『伊勢物語』九段にも収められている。更に、『今昔物語』巻二十四第三十五には、業平の東下りをほぼ『伊勢物語』にならって記しているが、もちろん、その終わりに都鳥の歌をのせている。

『更級日記』の一節にも「武蔵《むさし》と相模《さがみ》との中《なか》にゐて、あすだ河《がわ》といふ、在五中将《ざいごのちゅうじょう》の『いざこと問《と》はむ』とよみけるわたりなり。中将《ちゅうじょう》の集《しゅう》にはすみだ河《がわ》とあり、舟《ふね》にてわたりぬれば、相模《さがみ》の国《くに》になりぬ」と記されている。お気付きのように、武蔵と相模の国の境に流れる多摩河と、武蔵国と下総国の境の隅田河とを混同しているが、業平をめぐる物語は、『伊勢物語』を愛読していた『更級日記』の筆者には忘れ得ぬロマンの話として、脳裏に刻みこまれていたのであろう。

業平時代の渡し場は、現在の白髭橋《しらひげばし》附近にあったと推定されているが、この故事にもとづいて、現在でも言問橋《ことといばし》が架けられているのである。現在でも業平をしのんで大横川に業平橋があり、業平を祀る天神社もある。

『新葉和歌集』には、

こととひて　いざさは茲《ここ》に　隅田河《すみだがわ》　鳥《とり》の名《な》きくも　都《みやこ》なりけり（『新葉和歌集』巻八・羇旅歌―536）

という文貞公（師賢《もろかた》）の歌が収められている。業平への追慕が代々長くひきつがれていったことを示すものであろう。

【第四十六話】

謡曲「井筒《いづつ》」と業平《なりひら》の妻

業平が、東路をはるばる下り恋しく想う唐衣の妻は、紀有常《きのありつね》の娘と考えられるが、謡曲の「井筒」の「シテ」は「紀《き》の有常《ありつね》の息女《そくじょ》」として自ら名告っている。その謡曲は、諸国一見の僧が初瀬《はつせ》に参る途中、石上《いそのかみ》の在原寺を詣でると、美しい女性《にょしょう》が現れ、その僧に昔話をして供養をたのむという筋である。

この女性は業平と幼児《おさなご》より井筒に寄り添い、水鏡に面を浮かべてたわむれる仲であったが、いつしか年頃の年齢を迎える頃になると、恥じらいの気持ちがつのりお互いに逢えなくなってしまったのである。そこで昔男（業平）は、その女性を恋しく思い、

筒井筒《つつゐづつ》　井筒《いづつ》にかけし　まろが丈《たけ》　生《お》ひにけらしな　妹《いも》見《み》ざる間《ま》に

という歌を贈るのである。それに対して女性も、

比《くら》べ来《こ》し　振《ふ》り分髪《わけがみ》も　肩過《かたす》ぎぬ　君《きみ》ならずして　誰《たれ》が上《あ》ぐべき

と昔と少しも変わらぬ恋心を伝えたというのである。

いうまでもなく、この「謡曲」は『伊勢物語』二十三段に登場する「田舎《いなか》わたらしける人《ひと》の子《こ》ども、井《ゐ》のもとに出《い》でてあそびける」と記される女性を、紀有常の娘にことさらに附会したものであろう。

それはともかくとして、業平と紀有常が親交を結ぶに至ったのは、一つには紀有常が、「左馬介《さまのすけ》」

（『文徳実録』仁寿二年二月乙丑（二十八日）条）や、「左近衛少将《さこのえのしょうしょう》」（『文徳実録』斎衡二年正月丙申（十五日））などと、業平と同じように武官を歴任していたためであろう。とりわけ清和天皇の貞観七（八六五）年三月には、武官をつとめてきた紀有常が刑部権大輔に任ぜられた同じ日に、在原業平は近衛権少将から右馬頭《うまのかみ》に就任している（『三代実録』貞観七年三月八日己丑条）。

このように、紀有常と在原業平は同じような経歴をへてきている。もちろん業平が、紀有常の一家と結びつくのは、お互いの置かれた政治環境と、藤原良房一門への反発の心情が、この時点で一致を見たからだろう。

政治的失脚を目の前にした紀氏一族への同情というよりも共感が、自ずと業平の心に生じたと見てよいと、わたくしは考えているのである。業平は、専制的な良房に楯つくことは不利であることを重々承知の上で、あえて紀有常の娘を娶るのである。当然ながら業平の政界における出世の望みはたち切られ、いつまでも従五位下のままで置かれるのである。それにしても、后《きさき》の高子《たかこ》とのアバンチュールで良房や基経《もとつね》の心胆を寒からしめる結果を生むのである。

もちろん高子との恋は政治的意図にもとづくものではあるまい。真実業平も真心かけての恋であったが、その結果は藤原氏の政治的もくろみを一時的に狂わすことになったのは、むしろ当時の政治情勢がしからしめたと見るべきであろう。それ故、藤原氏一門にとって業平の存在は極めて目障りなものであったから、業平も一時的に都を離れ、身を隠さなければならなかったのである。

【第四十七話】紀名虎《きのなとら》

当時、紀氏一族の中心的な存在は、いうまでもなく紀名虎であった。名虎は、従三位中納言勝長《かつなが》（梶長）の二男であった。兄には興道《おきみち》がいたが、興道は備前守を経て、天長九（八三二）年に従四位下となり、兵部大輔、右兵衛督を歴任している人物である。興道は「能《よ》く射礼《しゃれい》の容儀《ようぎ》を伝《つた》へ」た人物であると評されている（『続日本後紀』承和元年六月庚子（二十一日）条）。

その弟の名虎は、嵯峨天皇の弘仁十三（八二二）年十一月に、外従五位下より従五位下に進んでいるが（『類聚国史』叙位）、仁明《にんみょう》天皇の承和二（八三五）年に至ってやっと従五位上に進んでいる（『続日本後紀』承和二年正月癸丑（七日）条）。十三年間も、名虎は従五位下にとどめ置かれていた訳である。しかし、同年の五月には、早くも名虎は従五位上より正五位下に位をすすめられているのである（『続日本後紀』承和二年五月甲寅条）。

その三年後、正五位下の名虎はまた、二階級累進して、従四位下となっている（『続日本後紀』承和五年正月丙寅（七日）条）。その翌年の承和六（八三九）年二月には「掃部頭《かもんのかみ》を兼《か》ねて備前守故《びぜんのかみもと》の如《ごと》し」（『続日本後紀』承和六年二月庚午（十八日）条）として、備前守と掃部頭を兼任しているのである。

更に承和八（八四一）年十一月の朔旦冬至《さくたんとうじ》には、名虎は従四位下より従四位上にすすめられている

（『続日本後紀』承和八年十一月丙辰〔二十日〕条）。そしてその二年後の承和十（八四三）年正月には正四位上にのぼるのである（『続日本後紀』承和十年正月壬子〔二十三日〕条）。その上、その一年後の承和十一（八四四）年正月には、遂に名虎は刑部卿に任命されているのである（『続日本後紀』承和十一年正月甲午〔十一日〕条）。

このように名虎は、仁明朝に至ってにわかに昇進を速めてきたが、承和十四（八四七）年六月に「散位《さんい》正四位下《しょうしいげ》紀朝臣《きのあそみ》名虎《なとら》卆《しゅっ》す」（『続日本後紀』承和十四年六月己酉〔十六日〕条）として、彼は亡くなっているのである。

名虎が仁明朝に、にわかに昇進を重ねていったのは、名虎の娘紀種子《きのたねこ》が仁明天皇の更衣となり、常康《つねやす》親王と貞子《さだこ》内親王をもうけたからである。それに加えて名虎のもうひとりの娘の紀静子《きのしずこ》は、文徳天皇の更衣となり、惟喬《これたか》親王、惟条《これえだ》親王など皇子・皇女をもうけていたのである。

その紀名虎の一族がにわかに斜陽の日を迎えるのは、文徳天皇の皇太子をめぐり、惟喬親王を推して、惟仁《これひと》親王を擁立する藤原良房との争いに敗れ去ったことによるものである。

惟仁親王は藤原良房の娘、明子《あきらけいこ》が御生母であり、嘉祥三（八五〇）年三月に良房の東の京の一条第で生誕されたが、早くもその年の十一月に生後わずか九ケ月の幼児が、三兄弟（惟喬親王、惟条親王、惟彦《これひこ》親王）を超えて、皇太子に立たれたのである。これを当時のひとびとは「三超」と呼んで、良房の政治的な手段の強引さを諷刺したと伝えられているのである（『三代実録』清和天皇即位前紀）。

【第四十八話】 紀有常《きのありつね》

紀名虎《きのなとら》の息子の有常は、「性《せい》は清警《せいけい》にして儀望《ぎぼう》有《あ》り」（『三代実録』元慶元年正月二十三日乙未条）と評される人物であった。この「清警」は清らかでつつしみのある様をいい、「儀望」は礼にかなえる容姿をいう。その上、姉妹が仁明《にんみょう》天皇の更衣であったから、有常は仁明天皇にお仕えして、承和年中には、左兵衛大尉《さひょうえだいじょう》を拝し、数年にして右兵衛権将監《うひょうえごんのしょうげん》となり、近江権少掾《おうみのごんのしょうじょう》となっている。

左右兵衛大尉の相当の位は正七位上であり、近衛将監は従六位上の相当官であるから（『続日本紀』天平神護元年二月甲子〔三日〕条）、彼は正七位上から従六位上に二階級昇進させられた訳である。ただ、文徳天皇の初めの頃は、例の立太子問題に巻き込まれて、一時的に官位停滞していくのである。

惟仁《これひと》親王が、嘉祥三（八五〇）年に良房の強力な後押しで立太子された翌年の仁寿元（八五一）年に至って、紀有常は左馬助《さまのすけ》に転じ、同じ年に従五位下を授けられたのである。

その後は右兵衛佐《うひょうえのすけ》や左右の兵衛少将という武官を務めていたが、文徳天皇の末年である天安元（八五七）年にやっと侍従となっている。

だが清和天皇の初めの頃は、有常はほとんど泣かず飛ばずの状態で、貞観九（八六七）年に下野権守に任ぜられ、秩《ちつ》が満ちて信濃権守となったが、貞観十五（八七三）年に至って、正五位下に叙せられている。

　同十七（八七五）年に雅楽頭《うたのかみ》を務め、その翌年には従四位下となり、周防権守となっている。そして、陽成天皇の元慶元（八七七）年正月二十三日に六十三歳で亡くなっているのである（『三代実録』元慶元年正月二十三日乙未条）。

　このように、有常は武官や地方官に追いやられ、志を得ないうちに一生を終わっているのである。『伊勢物語』十六段には「むかし、紀《き》の有常《ありつね》といふ人有《ひとあり》けり。み世《よ》の帝《みかど》につかうまつりて、時《とき》に遇《あ》ひけれど、後《のち》は世《よ》かはり時《とき》うつりにければ、世《よ》の常《つね》の人《ひと》のごともあらず」と語られるが、まさにそのような境遇に有常は、甘んぜざるを得なかったのである。それでも失意の惟喬《これたか》親王の許に、業平と一緒に参上しお慰めをしているのである。

　『古今和歌集』には、紀有常は業平と共に惟喬親王の狩りの伴をして、天《あま》の河《かわ》という河の許に至った歌を伝えている。「天の河」は、大阪府枚方市に流れる河とされるが、業平が、

　狩《か》りくらし　たなばたつ女《め》に　宿《やど》からむ　天《あま》のかはらに　我《われ》は来《き》にけり（『古今和歌集』巻九・羇旅歌―418）

と歌うと、有常は惟喬親王に代わって、

　ひととせに　一《ひと》たびきます　きみまてば　宿《やど》かす人《ひと》も　あらじとぞ思《おもふ》（同・巻九・羇旅歌―419）

と応えたのである。

【第四十九話】 薄幸の親王たち

業平が、はるばると天《あま》の河《かわ》に訪ねて来たのだから、そこに住むという織女星にお頼みして、一夜の宿をお借りしたいと歌うと、有常《ありつね》はすかさず織女星の立場に立ち、一年に一度しか訪ねて来ないような薄情な男には、宿は借せませんよと拒否する歌を返したのである。このような戯れの歌を取り交わして、不遇の惟喬《これたか》親王をなごませることを、お互いに目論んだのである。

しかし、それと共に、わたくしは日頃から浮気を重ねる業平に対する有常の揶揄を含んでいるものと想像したいのである。というのは、同じく『古今和歌集』には、業平が有常の娘を妻としながら、ほとんど妻の許に寄りつかないと伝えているからである。

『古今和歌集』には「業平朝臣《なりひらのあそみ》、紀有常《きのありつね》が女《むすめ》に住《す》みけるを、怨《うら》むることありて、暫《しば》しの間《あいだ》、昼《ひる》は来《き》て、夕《ゆふ》さりは帰《かへ》りのみしければ、よみて、遣《つか》はしける」との詞書きに続いて、

天雲《あまぐも》の　よそにも人《ひと》の　なりゆくか　さすがにめには　見《み》ゆるものから（『古今和歌集』巻十五・恋歌五―784）

返《かえ》し　業平朝臣《なりひらあそみ》

行《ゆ》きかへり　そらにのみして　経《ふ》ることは　わがゐる山《やま》の　風早《かぜはや》みなり（同・巻十五・恋歌五―785）

この業平の歌は、妻が、夫の業平に対して、天雲のように遠くかけ離れて行くと、怨み言を述べて

いるのに対し、業平も、あなたこそ、山風のようにはげしくわたしを取りあつかうから、遠くへ飛んで行くのだと弁解しているのである。

このような薄情な態度を見せる業平に有常は、娘の立場を代弁した歌で答えているのであろう。

ここに見える「天の河」について『曽丹集《そたんしゅう》』には、昔、仙女あって、この渓水で浴したが、在地の男にその羽衣をかくされて夫婦となるが、後に羽衣を見つけて天に帰った話を伝えている。それより「天の川」と称するようになったと述べているが、有常はあえて〝たなばた〟伝承に附会して、業平のたまさかのおとずれを諷刺しているのであろう。

それはともかくとして、業平は紀静子《きのしずこ》が産む親王に心より同情を寄せているが、これは単に在原一族だけでなく、皇統を引く氏族にも共通して見られる傾向であったようである。

例えば、紀名虎《きのなとら》の娘、仁明天皇の更衣種子《たねこ》は、常康《つねやす》親王をもうけているが（『文徳実録』仁寿元年二月丙寅（二十三日）条・『古今集目録』）、落髪されて僧となられた常康親王を、雲林院《うりんいん》にしばしば訪ね慰めていたのは、僧正遍照と、その息子の素性《そせい》法師達であった。いうまでもなく、僧正遍照は、俗名を良岑宗貞《よしみねのむねさだ》と称した桓武天皇の孫に当たる貴公子である。良岑宗貞は若い頃は仁明《にんみょう》天皇の側近という立場にあったが、仁明天皇の崩御の日、にわかに比叡山に逃れて僧となった人物である。それ故、仁明天皇の御子である常康親王には、とりわけ親近感を持っていたようである。

桓武天皇─┬─良岑安世─宗貞（遍照）─素性
　　　　　└─平城天皇─阿保親王─在原業平

【第五十話】常康《つねやす》親王と遍照

常康親王もとりわけ僧正遍照に信頼を寄せられ、その旧宅を遍照に付嘱されて、雲林院《うりんいん》とされている程である（『三代実録』元慶八年九月十日丁卯条）。

常康親王の邸宅は、もともと淳和《じゅんな》天皇の離宮であった「紫野院《むらさきのいん》」であったが（『類聚国史』三十一行幸天長九年四月癸酉）、それを伝領された親王は、そこを雲林院と改められ、遍照へ寄託されたものである。遍照はこれを元慶寺《がんけいじ》の別院としているのである。遍照はまた常康親王と共に雲林院において仁明天皇の忌日には、必ず金光明経を転読し、妙法蓮華経を講じているのである（『三代実録』仁和二年四月三日壬子条）。

常康親王は、「親王《しんのう》は、先皇《せんこう》（仁明天皇）を追慕《ついぼ》され悲嘆《ひたん》やむなし」（『文徳実録』仁寿元年二月丙寅〈二十三日〉条）として出家されたと正史に記すが、それよりも常康親王の生母が紀名虎《きのなとら》の娘、種子《たねこ》であったことが大きく影響を与えていたのであろう、とわたくしは考えている。そのことは常康親王の歌にも、深くにじみ出ているのである。

『古今和歌集』にのせる常康親王の「題《だい》しらず　雲林院親王《うりんいんのみこ》」の、

吹《ふ》きまよふ　野風《のかぜ》をさむみ　秋萩《あきはぎ》の　うつりもゆくか　ひとの心《こころ》の　（『古今和歌集』巻十五・恋歌五―781）

という歌を口にされるならば、何かお感じになるだろう。それはひとたび権力の座から追いやられた人物に、ほとんど人が寄りつかない寂しさの嘆きの歌であるといってよいであろう。このような境遇においやられた親王を、遍照は最後まで慰めつづけていくのである。

同じく『古今和歌集』には、遍照が雲林院の御子（常康親王）と共に比叡山の舎利会《しゃりえ》に出かけた時の歌をとどめている。「雲林院《うりむゐん》のみこの舎利会《さりえ》に山《やま》にのぼりて、かへりけるに、さくらの花《はな》のもとにてよめる　僧正《そうじょう》へんぜう」という詞書のあと、

山《やま》かぜに　桜《さくら》ふきまき　みだれなむ　花《はな》のまぎれに　たちとまるべく（『古今和歌集』巻八・離別歌―394）

因みに舎利会は、円仁《えんにん》が唐に渡り、仏舎利《ぶっしゃり》を持ち帰り、貞観二（八六〇）年から比叡山で始めた法会である。『今昔物語』巻十一の「慈覚大師《じがくだいし》、始《はじ》めて楞厳院《りょうごんいん》を建《たて》たる話《こと》」第二十七によれば、唐より招来した仏舎利を、惣持院《そうじいん》を起こして舎利会を始めたというのである。この舎利会は、「山《やま》ノ花《はな》ノ盛《さかり》ナル時《とき》ヲ契《ちぎ》ル」と記されている。

この歌は俗界を離れ比叡山に登り、美しい桜の花にかこまれている限り、一時的でも常康親王は、世間のしがらみをのがれるだろうと歌っているのだろう。常康親王は旧邸を雲林院とされただけでなく、近江国高嶋郡に所有されていた水田百三十町も救急料《きゅうきゅうりょう》として、延暦寺に施入している（『三代実録』貞観五年四月十一日癸卯条）。政界から自ら離脱されて孤独な生活に入られた。常康親王は詩作にふけり、『洞中小集《どうちゅうしょうしゅう》』と称する漢詩集を残されているが、そこにも色濃く人間不信の念が見られる。

第五十一話

惟喬《これたか》親王

惟喬親王も、常康《つねやす》親王と同じく紀氏の母をもったが故に、その一生は決して幸福なものではなかったようである。

第一に惟喬親王は文徳天皇の長子でありながら、良房の娘明子《あきらけいこ》が産んだ惟仁《これひと》親王に立太子の座をうばわれてしまったのである。しかしながら、もちろん文徳天皇は終始惟喬親王に愛情をそそいでいられたのである。

たとえば文徳天皇の天安元（八五七）年四月には、天皇は勅されて、南殿において惟喬親王に帯剣を許されている。この時親王は十四歳で、未だ元服される前であった（『文徳実録』天安元年四月丙戌〈十九日〉条）。そして同じ年の十二月には天皇の御前で元服の式をとり行い、従一位の藤原良房や左大臣源信《みなもとのまこと》らも応召せられてこの儀を祝われているのである（『文徳実録』天安元年十二月甲子朔条）。

このような文徳天皇の御配慮が、良房をかえって刺激したようで、その一年後の天安二（八五八）年正月には、早くも惟喬親王は四品《しほん》の大宰帥《だざいのそつ》に任ぜられているのである（『文徳実録』天安二年正月己酉〈十六日〉条）。ただそれを補うように惟喬親王の生母の紀静子《きのしずこ》も、天安二年正月に正五位下を授けられているのである（『文徳実録』天安二年正月辛丑〈八日〉条）。これも良房の弥縫策《びほうさく》のなせるわざであろう。

惟喬親王は、清和天皇の貞観五（八六三）年二日に、「四品大宰帥惟喬親王《しほんだざいのそつこれたかしんのう》を弾正尹《だんじょうのいん》と為《な》す」（『三代実録』貞観五年二月十日癸卯条）として、弾正尹に就任している。丁度、親王が二十歳になられた時である。

弾正尹は、弾正台《だんじょうだい》の長官で「風俗《ふうぞく》を粛清《しゅくせい》、内外《ないがい》の非違《ひい》を弾奏《だんそう》すること」を職掌するものだが、この頃は人康《ひとやす》親王をはじめ賀陽《かや》親王、本康《もとやす》親王などが就任し、惟喬親王の次には惟彦《これひこ》親王がこの職につかれるように、親王に与えられる、いわば名誉職のような官職であったと考えられていたのである。

翌年の貞観六（八六四）年正月には「四品弾正尹惟喬親王《しほんだんじょうのいんこれたかしんのう》を常陸大守《ひたちのたいしゅ》と為《な》す」（『三代実録』貞観六年正月十六日癸卯条）として、常陸の大守となっている。常陸の大守は親王任国の一つである。

『三代実録』貞観九（八六七）年正月の条には「四品守弾正尹惟喬親王《しほんしゅだんじょうのいんこれたかしんのう》を常陸大守《ひたちのたいしゅ》と為《な》す、弾正《だんじょうの》尹故《いんもと》の如《ごと》し」（『三代実録』貞観九年正月十二日癸丑条）と記されているが、恐らくいずれか錯誤があったのであろう。

それはともかくとして、貞観十四（八七二）年二月には四品惟喬親王は弾正尹でありながら上野《こうずけの》大守《たいしゅ》となっている（『三代実録』貞観十四年二月二十九日己巳条）。惟喬親王も既に二十九歳である。

青年期から、やがて壮年を迎える時期にさしかかってはいたが、相も変わらず親王は名誉職ばかりで、その前途はただ惰性の人生が待つばかりであったのである。

【第五十二話】惟喬《これたか》親王の小野隠棲

二十九歳に達した惟喬親王は「四品守弾正尹惟喬親王《しほんしゅだんじょうのいんこれたかしんのう》、疾《しつ》を寝《やま》いし頓《とみ》に出家《しゅっけ》して、沙門《しゃもん》と為《な》る」（『三代実録』貞観十四年七月十一日己卯条）として、病を理由にして、突如出家されてしまったのである。『伊勢物語』八十三段には「思《おも》ひのほかに、御髪《みぐし》おろし給《たま》うてけり」と記しているが、惟喬親王はひとにも相談されず、俄かに出家されたのである。惟喬親王は直ちに、山城国愛宕郡《おだきぐん》小野郷《おののごう》（京都市左京区の比叡山の西北にある山間地帯）に隠れてしまった。

『保元物語』にも、「惟喬親王《これたかしんのう》は清和《せいわ》の御門《みかど》に位《くらい》をあらそひまけて、御出家《ごしゅっけ》ののちは、比叡山《ひえいざん》の麓《ふもと》、小野《をの》というところに引籠給《ひきこもりたま》ひし」と記している。

惟喬親王が俄かに出家され小野の地にこもられたことを耳にした業平は、その翌年の睦月《むつき》（旧正月）に至ってそこに赴くのである。

当時業平は、宮仕えで忙しく、なかなかまとまった休暇を得られなかったのであろう。業平が小野を訪問したといわれている貞観十五（八七三）年正月七日には、従四位下に叙せられているから、正月の叙位などの儀式が終了し、業平はやっと小野を訪ねることができたのである。「小野《をの》にまうでたるに、比叡《ひえい》の山《やま》の麓《ふもと》なれば雪《ゆき》いと高《たか》し」。それは旧暦一月で雪降る頃であった。

惟喬親王にしてみれば、仮にこの先、宮廷にとどまったとしても、常陸大守や上野大守という名誉職を与えられるだけであった。藤原氏の門閥体制の下では、少しも明るい見通しは得られないと考えられたからであろう。それよりは、わずらわしい政界を離れて僧籍に入り、比叡の山麓の地に静かに隠れる方が、少なくとも心の平安は得られると、お考えになられたのではないだろうか。

しかし多感な惟喬親王に、果たしてそこで安穏な境地を見出すことが出来たかは実際には疑問であったろう。なぜならば、急に淋しい小野で、親しいひとびとから遠ざかって生活し、仏門に入った身であっても、索莫たる想いにかられることはないとは限らないからである。

事実、業平も、親王の余りにも淋しげなお姿を見て、声をかけるのをためらってしまったと伝えられている。「しゐて御室《みむろ》にまうでてお《(を)》がみたてまつるに、つれづれといと物《もの》がなしくておはしましければ、やゝ久《ひさ》しくさぶらいて、いにしへのことなど思《おも》ひ出《い》で聞《きこ》えけり」（『伊勢物語』八十三段）と記しているのである。

業平は夕べに別れるにのぞみ、

忘《わす》れては　夢《ゆめ》かとぞ思《おもふ》　思《おも》ひきや　雪《ゆき》ふみわけて　君《きみ》を見《み》むとは（『古今和歌集』巻十八・雑歌下―970）

の歌を残している。親王のにわかの小野隠棲が、現実の出来事だという事を忘れてしまうと、ここにいるわたくしは夢を見ているように錯覚してしまうのだ。それ故今までとは打って変わったお姿に、雪をかき分け、お目にかかるとは想像もしたことはないという意味である。

【第五十三話】 水無瀬《みなせ》の離宮

惟喬《これたか》親王は、出家される以前は水無瀬にも離宮を置いておられたという。そこは、『伊勢物語』八十二段に「山崎《やまざき》のあなたに、水無瀬《みなせ》といふ所《ところ》に宮《みや》ありけり」と記している御所である。

水無瀬は、現在の大阪府三島郡島本町《しまもと》の水無瀬である。この水無瀬の地は、平安朝の初めから朝廷の遊猟の地として用いられてきたところである。たとえば桓武天皇の延暦十一（七九二）年二月の記事を始め（『類聚国史』三二遊猟）、嵯峨天皇や淳和《じゅんな》天皇の時代を経て仁明《にんみょう》天皇の嘉祥二（八四九）年三月（『続日本後紀』嘉祥二年三月己未〔五日〕条）に至るまで、この地で繰り返し狩りが催されていたのである。水無瀬は「水生瀬」とも表記されているが（『類聚国史』三二遊猟延暦十一年二月辛卯〔六日〕条）、淀川に面した低湿地で、恰好の狩猟地となっていたのである。

朝廷の狩猟地であった水無瀬に皇族の一員であられた惟喬親王は離宮を営み、『伊勢物語』八十二段に「年《とし》ごとのさくらの花《はな》ざかりには、その宮《みや》へなむおはしましける」と記されているように、気の合うひとびとと連れだって、桜の頃には訪れておられたようである。「その時《とき》、右《みぎ》のむま《（馬）》の頭《かみ》なりける人《ひと》を、常《つね》に率《ゐ》ておはしましけり」と記されているように、当時右馬頭《みぎのうまのかみ》であった業平らを伴って、狩猟を試みられたのである。

といっても、もちろん「狩り」は表むきの口実で、もっぱらそこでは桜を見ながら酒を飲み交すのが目的であったようである。『伊勢物語』には「狩《かり》はねむごろにもせで、酒《さけ》をのみ飲《の》みつつ」（『伊勢物語』八十二段）と伝えられているのである。

この話は、業平は右馬頭と称しているから、業平が四十一歳で貞観七（八六五）年三月に右馬頭に就任した後の頃であろうと考えられている（『三代実録』貞観七年三月九日庚寅条）。

それはともかくとして、貴族達の「桜」をめづる伝統は、古代より脈々と絶えることなくうけつがれていたのである。確かに奈良朝期の律令時代の官人達は、唐朝文化の影響をうけて、春の花として「梅の花」を尊重する風習が醸成されたことは否めないが、伝統的には桜の花を愛好する者は少なくなかったようである。

たとえば「神代記」の木花之佐久夜毘売《このはなのさくやひめ》をはじめ、「履中紀」の稚桜《わかざくら》宮の由来を想起していただければただちに了解していただけるだろう（「履中紀」三年十一月辛未（六日）条）。特に「允恭紀」の、

花《はな》ぐはし　桜《さくら》の愛《め》で　同愛《ことめ》でば　早《はや》くは愛《め》でず　我《わ》が愛《め》づる子《こ》ら（「允恭紀」八年二月条）

の御製は、そのことを端的に示しているといってよい。

漢詩の世界ではあくまで「梅花景春《ばいかけいしゅん》に灼《かがや》く」（大石王）とか「梅花《ばいか》の薫《かおり》、身《み》に帯《お》ぶ」（田辺史百《たなべのふひともも》枝《え》）などと、もっぱら梅を「花」と称するが（『懐風藻』）、平安朝の和歌の世界では、桜が「梅」と拮抗し、次第に桜が「花」を代表するものとなっていったのである。

【第五十四話】

交野《かたの》の桜

業平が水無瀬《みなせ》の離宮を訪ね、親王と共に赴いた先は、交野の渚院《なぎさのいん》であったと伝えられている。そこは現在の大阪府枚方市渚元町にあった院である。その遺跡地は、淀川からは一キロも離れた遊園地の一角にわずかに残されているが、当時「渚」の文字が示すように、淀川の渚、つまり波の打ち寄せる地域となっていたのであろう。

交野の地は、もともと百済王《くだらのこきし》一族が住みついた所であった。桓武天皇の御生母は百済王一族の高《たか》野新笠《のにいがさ》であった関係から、この一族とは近親関係を結んでおられたのである。それだけにとどまらず桓武天皇の後宮には、百済王教法《きょうほう》をはじめ百済王教仁《きょうじん》や百済王貞香《ていこう》らが召されていたのである。

その上、嵯峨天皇の愛妃には、百済王貴命《きみょう》や百済王慶命《けいみょう》らが名を連ねていたのである。これらのことからみても、桓武王朝と百済王一族との結びつきは、極めて強かったのである。

それ故、桓武天皇はしばしば交野の地で遊猟されているが、特に延暦四（七八五）年十一月十日に「天神《てんじん》を交野《かたの》の柏原《かしはら》に祀《まつ》る。宿禱《しゅくとう》を賽《さい》してなり」（『続日本紀』延暦四年十一月壬寅〔十日〕条）として天神を祀っているのである。これを「郊祀《こうし》」と称するが、郊祀はもともと中国の天子が郊外で天地を祀る儀式であった。冬至の時に天子は南の郊外で天を祭り、夏至の時北の郊外で地を祀る祭である。「宿祷を賽してなり」というのは、かねてから念願とされていたものを果たされる意であろう。

中国風の郊祀をことさらに百済王一族の居住地で行うように、交野の地は桓武朝系では極めて縁りの深い地と見なされていたのである。そのため、この地には、皇室の一族の方々の離宮が早くから置かれていたのであろう。

『枕草子』百六十四段にも、「野《の》は……交野《かたの》……すずろにをかしけれ」と記され、遊楽の地としても親しまれてきたのである。交野の渚院もその一つであったのであろう。

この交野の渚院で、親王や業平達は「その（桜）木《き》のもとにおりゐて、枝《えだ》を折《を》りてかざしにさし」たというのである。桜のかざしというのは、桜の枝を髪や冠に挿し、桜の呪力や生命力を身につけることである。桜の「クラ」は穀霊の降臨する聖なる神坐《かみくら》である。

だが周知のように桜は、惜しげもなくすぐに散ってしまうのである。そのため古代のひとびとは「鎮花祭《はなしずめのまつり》」をとり行い、散りゆく花をいつまでも、木にとどめて置きたいと願ったのである。「神坐」である桜の花が満開であることは、豊作の予兆であったからである。それ故、業平も、

世《よ》の中《なか》に　たえて桜《さくら》の　なかりせば　春《はる》の心《こころ》は　のどけからまし

（『伊勢物語』八十二段、『古今和歌集』巻一・春歌上―53）

と歌ったのである。それに併せて惟喬《これたか》親王の青春を、いつまでもはなやかで長つづきするようにと、この歌に附託しているのである。

【第五十五話】 小野郷《おののごう》

業平は、惟喬《これたか》親王の青春を桜の花になぞらえて、いつくしみ歌っているが、そこに同席したひとは、

散《ち》ればこそ　いとど桜《さくら》は　めでたけれ　うき世《よ》になにか　久《ひさ》しかるべき（『伊勢物語』八十二段）

と歌を返したというのである。

この歌は、桜の花はひとびとに惜しまれて、散るからこそ、一層ひとびとに愛されてきたのである。この憂《う》き世《よ》において、永遠で不変なものがあるだろうか、決してありはしないのだ、という意味であろう。

この歌の中に、既に「憂き世」の文字が含まれていることに注目していただきたい。そこには仏教的な厭世観がすでにうかがえるからである。しかしそれは鎌倉期のきびしい厭世観というより、いまだ感傷を多分に含んだものであったといってよい。『源氏物語』にも、

心《こころ》こそ　うき世《よ》の岸《きし》を　はなるれど　行《ゆ》くへもしらぬ　あまのうき木《ぎ》を（『源氏物語』「手習」）

などと見えるが、『伊勢物語』では、藤原氏一門の強まる門閥政治の犠牲となった皇族や豪族の末裔達が、自ら生きてきたこの世を「憂き世」と観じてきたことを示しているからである。

それは権勢家の藤原氏に政治的に雄々しく立ち向かう基盤も気力も失いつつあったひとびとの諦観

であるといってよい。さればこそ、この憂き世の未練を捨てて、俗塵を避けた幽邃《ゆうすい》の地に隠棲を求めることが、むしろいさぎよい生き方だと述べているのである。事実、惟喬親王は、業平にも相談されることなく、自らの意志で髪を下ろし、小野に居を移したのである。

京における惟喬親王の邸宅は、大炊御門《おおいのみかど》の南、烏丸の西にあったといわれている。この地は、後に藤原実頼《さねより》が領有し小野宮殿と称された所である（『拾芥抄』名勝志）。惟喬親王が隠棲地と定められた所は山城国愛宕郡《おだきぐん》小野郷《おののごう》である。

この小野郷は、その名の示す如く、もともと小野氏縁《ゆかり》の地であったのである。例えば小野毛人《えみし》の墓もこの地に営まれている。現在の京都市左京区上高野、崇道神社裏山である。『三代実録』の元慶二（八七八）年十二月二十五日丙戌条にも「山城国《やましろのくに》愛宕郡《おだきぐん》小野郷人《おののごうのひと》、勘解由次官《かげゆのすけ》従五位下《じゅごいのげ》小野朝臣《おののあそみ》当岑《あてみね》」と見え、小野一族が住んでいたことが知られるのである。

『類聚国史』には、従四位下左中弁兼近江守の小野野主《おののむし》が、近江国和迩《わに》村と山城国の小野郷にある猿《さる》女《め》の養田に督察すべきを上表しているが（『類聚国史』十九「猿女」弘仁四年十月丁未（二十八日）条）、この近江国滋賀郡和迩庄小野村は小野氏の祖廟が存在していた所であり、山城国の小野郷も小野氏の所領が存在していたから、猿女の管理も小野氏によって代々うけつがれていたのである。これらから見ても、山城国の小野郷（京都市左京区上高野附近）は、小野氏の勢力下にあったことを物語っているのである。

【第五十六話】

小野の山荘

惟喬《これたか》親王が小野を隠棲地に選ばれたのは、一つにはその地が小野氏と極めて縁《ゆかり》の深いところであったからである。

小野氏といえば、小野 篁《たかむら》が藤原常嗣《つねつぐ》と遣唐使船をめぐって争い、隠岐に流されたことを、わたくしは想起するのである。もちろん小野篁は、既に文徳天皇の仁寿二（八五二）年十二月癸未（二十二日）に薨じているが（『文徳実録』仁寿二年十二月癸未（二十二日）条）、篁は豪直な人物であり、「公俸《こうぼう》は……皆親友《みなしんゆう》に施《ほどこ》す」（右同じ）とあるように、他人に救済の手を差し出す人情家であったのである。

その篁の気風は、篁の弟葛紘《くすお》や、その子の道風《みちかぜ》、春風《はるかぜ》、好古《よしふる》に伝えられていったようである。

小野道風は伯父の篁の名筆の素質をうけつぎ、いわゆる平安の三蹟のひとりとなったが、従五位下春風は、元慶二（八七八）年六月に、鎮守将軍に任ぜられ、精衆を率いて蝦夷を討ち、徳をもって蝦夷を服せしめた武将である（『三代実録』元慶二年六月十六日庚辰条）。

その弟の好古も後の純友《すみとも》の乱において、決定的な勝利を導いた人物である。また歌人としても、『後撰和歌集』や『拾遺和歌集』にその歌をとどめているのである。惟喬親王が小野に移られた時期は、まさに、春風などが朝廷に出て活躍してきた時代に重なるのである。

小野の地は、かかる小野氏ばかりでなく、文人達も好んで山荘を設けていたのである。『古今著聞集』文学五―二四には、貞観十九（八七七）年三月十八日に、大納言の南淵年名《みなふちのとしな》が自らの小野の山荘で、大江音人《おおえのおとんど》・菅原是善《これよし》らを招いて日本で初めての尚歯会《しょうしかい》を開いたと記している。尚歯会は、唐の会昌五（八四五）年三月二十一日に、白楽天や履道房《りどうぼう》がはじめたものに倣う長寿を祝う会である。

南淵年名は典型的な文人官僚で、『貞観格式』の撰上や、『文徳実録』の編纂に当たっているが、貞観四（八六二）年には、右大弁当時、「歴《れき》する所《ところ》の州《くに》、風声必《ふうせいかなら》ず暢《あが》りて、良吏《りょうし》を論《ろん》じて、自《みずか》ら先《せん》鳴《めい》を為《な》す」（『三代実録』貞観四年十二月二十七日辛酉条）として右大臣藤原良相《よしみ》に顕彰されている良吏のひとりであった。

年名は、正三位大納言に昇ったが、元慶元（八七七）年四月に七十歳で薨じているのである。彼は、「性《せい》は聰察《そうさつ》にて、局量《きょくりょう》あり、官《かん》に莅《くらい》ては事《こと》を理《ただ》し、清幹《せいかん》を以《もっ》て聞《きこえ》る」人物であった（『三代実録』元慶元年四月八日己卯条）。

因みに聰は「聡」の俗字であり、「聰察」は、さとしく物事に明るいことである。「局量」は器宇度量の意で、ひとをつつみこむ器量の意であろう。かかる人物も、小野に山荘をかまえていたのである。

【第五十七話】惟喬《これたか》親王への封戸恩賜

惟喬親王の山荘はいづこにあったかは、今のところ必ずしも詳らかにし得ないが、『山城志』には「大原上野村《おおはらうえのむら》に在《あ》り。在原業平《ありわらのなりひら》は惟喬親王《これたかしんのう》の隠居《いんきょ》を訪《おとづ》れたる」所と記している。が、具体的に措定しえないとしても、惟喬親王の隠棲の地は小野郷の清閑の地であったのであろう。

『古今和歌集』には、惟喬親王の御歌として、

白雲《しらくも》の　たえずたなびく　峯《みね》にだに　住《す》めば住《す》みぬる　世《よ》にこそありけれ

（『古今和歌集』巻十八・雑歌下―945）

をとどめているから、山寄りの清寂の地であったのであろう。その惟喬親王の小野蟄居の生活は、親王の身分にとってはかなり困難を極めたものであったようである。何故なら、その貧窮を見かねて貞観十六（八七四）年九月には、清和天皇が封戸百戸を増すことを命ぜられているからである。

かかる状態に陥ったのは、出家せられるに当たり、惟喬親王が爵邑《しゃくゆう》をすべて朝廷に譲還されたためである。そのため「夫《そ》れ屢《しばしば》、空《むな》しき事《こと》を聞《き》き、勝《あえ》て言《い》ふべからざる」有様であった。

その時清和天皇は、惟喬親王について「先皇《せんこう》（文徳天皇）の鍾愛《しょうあい》される所《ところ》なり。朕《ちん》の友《とも》にして、尤《もっと》も相《あ》い厚《あつ》からんことを欲《ほっ》す」るものであるからと述べられ封戸を寄せられたのである（『三代実録』

貞観十六年九月二十一日丙午条)。

だが、封戸の御下賜に対し惟喬親王は、一たんは謝絶されているのである。その理由として、私は出家されて貧しい生活をしているが、「灰冷《かいれい》の服《ふく》は、風《かぜ》を避《さえ》けるに備《そな》へ、菜茄《さいか》の食《しょく》は、日《ひ》を送《おく》るの資《たすけ》なり」という生活をしているからだというのである。

その上封戸を賜るならば「水石幽閑《すいせきゆうかん》の地《ち》、貯蔵《ちょぞう》を嫌《いと》う有《あ》る」からであるというのである。私は今は「衣服《いふく》の代《かわ》りに薜羅《へいら》を以《もっ》てし、烟霞《えんか》を飡飯《そんはん》に当《あ》て」ているから、それ以上の御援助は御遠慮したいといわれたのである。

因みにここにいう薜羅は「かづら」を本意とするが、一般には、隠者の用いる衣を指すこともある。惟喬親王は封戸の返還を願い出られたが、清和天皇は重ねて勅を賜い、惟喬親王の「鴈身甚《がんしんはなは》だ痩《や》せたり」様をお聞きになられて、「朕《ちん》と異体《いたい》にして同気《どうき》なり。昵愛《じつあい》の懐《おもひ》知るべし。一株《ひとかぶ》の連枝《れんし》は栄枯《えいこ》の期《き》は相《あ》い共《とも》にする」と述べられ、惟喬親王がこれ以上、封戸を返上されるならば、「朕《ちん》を疎《そ》となす」ことになるとして、封戸百戸を惟喬親王に賜ったのである(『三代実録』貞観十六年十月十八日癸酉条)。

確かに清和天皇は立太子問題で、惟喬親王には負い目を感ぜられていたが、それはあくまで権臣良房の策謀によるもので、御成人された清和天皇はむしろ良房を圧えていきたいお気持ちが強くなられていった。そのため異母兄の惟喬親王に自らの御意志で封戸を賜い、肉親の交わりを強く願われたのであろう。

【第五十八話】

業平の惟喬《これたか》親王への愛情

貞観十六（八七四）年には、既に太政大臣従一位として権力をあつめていた良房は、その二年前の貞観十四（八七二）年九月二日に六十九歳で薨じているのである（『三代実録』貞観十四年九月二日己巳条）。

良房のあとをうけて、朝廷の首班となったのは、左大臣の源融《みなもとのとおる》であった。もちろん、右大臣に藤原基経《もとつね》がひかえていたが、政局の中枢には皇統を引く源氏や儒門出身の官僚及び在原家縁《ゆかり》の人物が、藤原氏に伍して朝堂に名を連ねていた。

具体的にあげるならば、大納言の源多《みなもとのまさる》、中納言の南淵年名《みなみぶちのとしな》、参議には源勤《みなもとのつとむ》や在原行平、大江音人《おおえのおとんど》、菅原是善《これよし》という人材がみられたのである。

源多は仁明《にんみょう》天皇の御子である。源勤は嵯峨天皇の御子で、源融と同母弟であった。大江音人は、阿保親王の孫で母は阿保親王の侍女（中臣氏）であるという（『公卿補任』貞観六年条）。また菅原是善は清公《きよきみ》の子で、道真《みちざね》の父に当たる儒者である。これに加えて在原行平《ゆきひら》が、貞観十二（八七〇）年正月より参議《きよとも》に加わっていたのである。恐らく、これらの人材が、清和天皇と惟喬親王の関係修復に積極的に働いていたのではないだろうか。

このうち在原行平は、貞観十六（八七四）年当時五十七歳で、この当時従三位大宰《だざいの》権帥《ごんのそつ》であったが、惟喬親王と清和天皇の融和に関しては、積極的に賛意を表したに違いないと思っている。業平も喜んだに違いないのである。業平も貞観十五（八七三）年四十九歳で、従四位下に任ぜられているから「おほやけの宮《みや》づかへしければ、常《つね》にはえまうでず」（『伊勢物語』八十五段）有様であった。しかし、それでも「もとの心《こころ》うしなはで、まうでける」と記されるように、惟喬親王をお慰めに参上することをおこたらなかったのである。

ある時、雪に降りこめられた惟喬親王の山荘を訪れた業平は、

思《おも》へども　身《み》をしわけねば　めかれせぬ　雪《ゆき》のつもるぞ　わが心《こころ》なる（『伊勢物語』八十五段）

の歌を、親王に献じたのである。親王も業平の真心をめでて、御衣をぬぎあたえられたというのである。

右の歌は『古今六帖』一にも収められているが、その歌の大意は、わたくしは常々、親王の許に参上したいと願っているが、宮仕えしているわたくしとしては、身を二つに分けなければそれは到底不可能だ。今、目の前にしんしんと降り積もっている雪のように、わたくしの心は親王を深く想っているという意味であろう。この歌の「目離《めか》れ」は、対象から目が離れることである。「目離れせぬ」は目を離すことの出来ないことを意味し、いつも心こまやかに注意し見守ることの意であろう。

業平は、薄幸の惟喬親王にそれこそ「目離れせぬ」愛情を注ぎつづけてきたのである。同様に、あらゆる女性に対しても業平は、変わらぬ愛情を持ちつづけていたのであろうと思う。

【第五十九話】惟喬《これたか》親王と僧正遍照

惟喬親王は、宇多天皇の寛平九（八九七）年二月二十日に亡くなられたのである（『日本紀略』）。「入道弾正尹《にゅうどうだんじょうのかみ》四品《しほん》惟喬親王《これたかしんのう》薨《こう》ぜられる、先《さき》に出家《しゅっけ》して沙弥《しゃみ》となる」（『日本紀略』寛平九年二月二十日条）と記されるように、出家して後に薨ぜられたのである。五十四歳の入滅である。その墓所は、京都市左京区大原上野町にあり、現在も鎌倉期の墓石が存在するという（『名跡志』）。

惟喬親王も歌をたしなんでおられたようである。『古今和歌集』には、「僧正遍昭《そうじょうへんぜう》に、よみて、贈《おく》りける　惟喬親王《これたかのみこ》」とあり、

桜花《さくらばな》　ちらばちらなむ　ちらずとて　古里人《ふるさとひと》の　来《き》ても見《み》なくに（『古今和歌集』巻二・春歌下―74）

の歌が収められている。

僧正遍昭に贈る歌であるから、遍昭が僧正に任ぜられた仁和元（八八五）年十月以後の歌と見てよいであろう（『三代実録』仁和元年十月二十二日癸酉条）。

業平は、元慶四（八八〇）年五月に死去しているから、惟喬親王も小野にあって孤独の感を深めていた時期であろう。惟喬親王の歌は、桜の花よ、散る

桓武天皇┬嵯峨天皇―仁明天皇―文徳天皇―惟喬親王
　　　　└良岑安世―良岑宗貞（遍照）

のならば散ってしまえ、散らないからといって、昔なじみの貴方が見もしないから、という意味であろう。

惟喬親王と僧正遍照（昭）は、桓武の皇統を引く親しい間柄にあったのである。因みに遍照は遍昭とも表記されるが『先徳略記』の遍照の項では「霊山往来《れいざんおうらい》に云《いわ》く、照《しょう》の字《じ》、火《ひ》に連《つらな》る。……世挙《よあ》げて昭《しょう》を用《もち》う」とあるように、火を忌むために一般では遍昭と記したものである。

だが「遍照」は「遍く照らす」仏の慈悲を表すものであるから、本来は遍照を用いるべきであろう。

その遍照が、紀名虎《きのなとら》の娘、種子《たねこ》と仁明天皇との間に生誕された常康《つねやす》親王を雲林院《うりんいん》にしばしば訪ねてお慰めしていたことは、先に触れた通りである。

惟喬親王は文徳天皇と紀種子の妹静子《しずこ》との間に生まれられた皇子であったから、常康親王と惟喬親王は従兄弟であられたのである。

それ故、僧正遍照は惟喬親王とも交際があったのであろう。

とはいえ、遍照は八一〇年の生まれであるから、惟喬親王より三十四歳以上の年長であり、その上僧正であったから、この歌からは、惟喬親王の、どちらかといえば、やや甘えの姿勢が感ぜられるようである。

【第六十話】惟喬《これたか》親王と歌

『古今和歌集』では、業平が雪をかきわけて小野を訪れて、

忘《わす》れては　夢《ゆめ》かとぞ思《おも》ふ　思《おも》ひきや　雪踏《ゆきふ》みわけて　君《きみ》を見《み》むとは

（『古今和歌集』巻十八・雑歌下―970、『伊勢物語』八十三段）

と歌ったのに対し、『新古今和歌集』では惟喬親王が答えられた歌を伝えている。「世《よ》をそむきて、小《を》野《の》といふ所《ところ》に住《す》み侍《はべり》けるころ、業平朝臣《なりひらのあそみ》の、雪《ゆき》のいと高《たか》う降《ふ》り積《つ》みたるをかき分《わ》けてまうで来《き》て、夢《ゆめ》かとぞ思《おもふ》　おもひきやとよみ侍《はべり》けるに」との詞書に続いて、次のように歌われている。

夢《ゆめ》かとも　なにか思《おも》はん　憂《う》き世《よ》をば　そむかざりけん　ほどぞ悔《くや》しき（『新古今和歌集』巻十八・雑歌下―1720）

この歌は、業平の歌をうけて、業平は夢かなどといっているが、わたくしはどうしても夢だとは思わない。この憂き世を思い切って厭離しなかった昔の頃が、かえって悔やまれるのである、という意味であろう。最も親密な業平の歌詞を頭に置いて、心配する業平に、出家遁世した今こそ本当に幸福であると歌っておられるのである。この部分は、『伊勢物語』八十三段には記されていないのである。

『伊勢物語』の他の箇所においても、業平の歌に対して「返《かえ》しえし給《たま》はず」とあり、同席した紀有《きのあり》常《つね》が親王に代わって歌を返されることが多かった。先にあげた交野《かたの》の渚院《なぎさのいん》より天の河に移り、酒宴

となった際も、業平が、

狩《か》り暮《く》らし　たなばたつめに　宿《やど》からむ　天《あま》の河原《かはら》に　我《われ》は来《き》にけり（『古今和歌集』巻九・羇旅歌―418）

と歌ったのに対し、惟喬親王は「歌《うた》を返々《かえすがえす》誦《しょう》じたもうて、返《かえ》しえし給《たま》はず」して、紀有常が親王に代わり、

一年《ひととせ》に　ひとたび来《き》ます　君《きみ》まてば　宿《やど》かす人《ひと》も　あらじとぞ思《おも》ふ（同・巻九・羇旅歌―419）

と答えているのである。そして水無瀬の宮に帰り、親王は酒に酩酊され、寝所にお入りになられようとすると、業平は、

あかなくに　まだきも月《つき》の　かくるるか　山《やま》の端《は》にげて　入《い》れずもあらなむ（同・巻十七・雑歌上―884）

と歌って、親王を引き留めようとされた時も、親王に代わって歌を返したのは紀有常であったと伝えている。

を《（お）》しなべて　峯《みね》もたひらに　なりななむ　山《やま》の端《は》なくは　月《つき》も入《い》らじを（『伊勢物語』八十二段）

『古今和歌集』にも、業平が惟喬親王の狩りの供として従い、夜、酒を飲み交わした時、「十一日《じゅういちにち》の月《つき》も隠《かく》れなむとしける折《おり》に、親王《みこ》、酔《ゑ》ひて内《うち》へ入《い》りなむとしければ、よみ侍《はべり》ける」と注して、「飽《あ》かなくに」の歌を収めている（『古今和歌集』巻十七・雑歌上―八八四）。ただ、紀有常の歌とされる「を《（お）》しなべて」の歌は、『後撰和歌集』巻十七・雑三―一二四九には「かむつけのみねお《（を）》」（上野峯雄）の作としているので、『伊勢物語』はそれを紀有常の歌として援用したものであろう。

【第六十一話】

紀有常《きのありつね》の歌

紀有常が天の河で惟喬《これたか》親王に代わって歌った「ひととせ」の歌は、『古今和歌集』巻九・羇旅歌―四一九に収められている。また、『新古今和歌集』に「業平朝臣《なりひらあそみ》の装束《しょうぞく》つかはして侍りけるに　紀有《きのあり》常朝臣《つねあそみ》」とあり、

秋《あき》や来《く》る　露《つゆ》やまがふと　思《おも》ふまで　あるは涙《なみだ》の　ふるにぞ有《あり》ける（『新古今和歌集』巻十六・雑歌上―1498）

という歌をとどめている。

この有常の歌は、『伊勢物語』十六段にもひかれているが、『伊勢物語』では、有常について「人《ひと》がらは、心《こころ》うつくしくあてはかなることを好《この》みて、こと人《ひと》にも似《に》ず。貧《まず》しく経《へ》ても、猶昔《なほむかし》よかりし時《とき》の心《こころ》ながら、世《よ》の常《つね》のことも知《し》らず」と伝えている。

有常は、立太子問題で藤原良房と対立し、文徳天皇の仁寿元（八五一）年十一月に、正六位上から従五位下に叙せられながら（『文徳実録』仁寿元年十一月甲午条）、清和天皇の貞観十五（八七三）年に正五位下を授けられるまで、二十年以上も、官位はほぼ停滞させられているのである。

貞観十五（八七三）年に至って、やっと有常が昇進するのは、その前年の貞観十四（八七二）年九月に藤原良房が六十九歳で薨《こう》じて、さしもの政敵がいなくなったからであろう。その頃は有常の理解者で

ある在原行平《ゆきひら》も正四位下の参議や蔵人頭も務め、清和天皇の内臣として帷幄《いあく》に参じていたのである。

有常は、ここに至って、やっと日の目を見ることになるが、紀氏一族の矜持を忘れず「昔《むかし》よかりし時《とき》の心《こころ》ながら」（『伊勢物語』十六段）くらしつづけてきたという。長年連れ添ってきた妻が尼になった時も、

手を《て》折《を》りて　あい見《み》し事《こと》を　かぞふれば　とお(を)いひつつ　四《よ》つは経《へ》にけり（『伊勢物語』十六段）

という歌を贈っている。別れにあたって、共にすごしてきた年月をかぞえると、もう四十年になってしまったという意味である。

有常が、婿にあたる業平に装束を贈った際も、

これやこの　あまの羽衣《はごろも》　む(う)べしこそ　君《きみ》がみけしと　たてまつりけれ（同・十六段）

という歌を添えている。業平が装束を身につけると、本当に天の羽衣のように、映えて見える。それ故業平に賜った甲斐があるという意味であろう。自分が贈った衣裳はあなた故に、かえって立派に見えると、相手は賛美しているのである。

秋《あき》や来《く》る　露《つゆ》やまがふと　思《おも》ふまで　あるは涙《なみだ》の　降《ふ》るにぞ有《あり》ける（同・十六段）

の有常の歌も、あなたが御立派に見えるから、露と見間違えるほどに、うれし涙が袖に流れるのだと歌っているのである。つまり有常は、あくまで他人を立てて、その身になって、嬉びを述べるような心のあたたかい人物であったようである。

【第六十二話】伊勢の斎宮

業平は、紀有常《きのありつね》の娘を娶っていたから、有常の一族とは、同族的に交わりを深めていったのである。特に、伊勢神宮の斎宮であった恬子《やすこ》内親王との密通事件は、紀氏一族との深い結びつきより起された秘話中の秘話として語りつがれてきたのである。

恬子内親王は、文徳天皇と更衣紀静子《きのしずこ》との間に生れた皇女である。というより惟喬《これたか》親王の妹にあたる皇女といった方が分り易いであろう。

恬子内親王は、清和天皇の貞観元（八五九）年十月五日に、伊勢の斎宮に卜定《ぼくじょう》された（『三代実録』貞観元年十月五日丁亥条）。その翌年の貞観二（八六〇）年八月二十五日には、鴨川の水で禊事を修せられて、野宮に入られ、潔斎の生活に入れられた（『三代実録』貞観二年八月二十五日壬寅条）。

その後、伊勢の斎宮として、陽成天皇の元慶元（八七七）年に至るまで、伊勢斎宮にとどまっておられたのである。それは天皇が清和天皇から陽成天皇に譲位されたのにともなう交替であった。

恬子内親王のあとをつがれたのは識子《さとこ》内親王である（『三代実録』元慶元年二月二十三日乙丑条）。識子内親王は清和天皇の皇女で、神祇伯藤原良近《まさちか》の娘を生母とする女性である。

恬子内親王は貞観元（八五九）年より、元慶元（八七七）年まで、およそ十八年の長きにわたって、伊勢斎宮を務められたのである。だが、その初期の頃に、ひとに知られぬ業平との秘密の交情がかわされたというのである。『古今和歌集』には、「業平朝臣《なりひらのあそみ》の、伊勢国《いせのくに》にまかりたりける時《とき》、斎宮《さいぐう》《いつきのみや》なりける人《ひと》に、いとみそかに逢《あ》ひて、又《また》の朝《あした》に、人遣《ひとや》るすべなくて思《おも》ひ居《お》りける間《あひだ》に、女《をんな》のもとより遣《をこ》せたりける」とあり、

君《きみ》や来《こ》し　我《われ》や行《ゆ》きけむ　思《おも》ほえず　夢《ゆめ》かうつつか　寝《ね》てかさめてか（『古今和歌集』巻十三・恋歌三―645）

返《かえ》し　業平朝臣《なりひらのあそみ》

かきくらす　心《こころ》のやみに　まどひにき　夢《ゆめ》うつつとは　世人《よひと》さだめよ（同・巻十三・恋歌三―646）

と記している。

『伊勢物語』（六十九段）は、この物語を更に敷衍して次のような物語にしたてているのである。業平が狩りの使いに伊勢に赴いた時、斎宮の父親の許より、業平を「つねの使《つかひ》よりは、この人《ひと》よくいたはれ」との伝言がとどけられたというのである。

伊勢斎宮恬子内親王も、それをうけて、「いとねむごろにいたわり」を尽されたが、業平は、斎宮の心のこもったもてなしにすっかり感激し、秘かに斎宮にむかって今夜どうしてもお逢いしたいと告げたのである。

もちろん、斎宮は精進潔斎される身であり、その上多くの宮仕えの女性に囲まれた生活をされていられたから、容易に業平に逢うことは許されなかったのである。

【第六十三話】 斎宮との別れ

『伊勢物語』では続けて、恬子《やすこ》内親王は、そこで「人《ひと》をしづめて　子《ね》ひとつ許《ばかり》に、おとこ《(を)》の許《もと》に来《き》た」と伝えているのである。もちろん「おとこ《(を)》」は、業平を指すが、「子《ね》ひとつ許《ばかり》」の頃は、子の刻、つまり午後十一時から午前一時に至る間の、「ひとつ許」の頃ということで、今日でいう午後十一時を過ぎた頃を言う。現在の二時間に当る一刻を、四つに別けて、その初め頃が「ひとつ許」である。秘かに寝所までおとずれた恬子内親王と業平は丑三《うしみ》つ（午前三時頃）まで、無我夢中の時間を過したが、その間、ほとんどお互いに話を交すことすらできぬ程、夢中で過したのである。やっと夜明け近くなったため、やむなく恬子内親王はひき返していったというのである。

業平が呆然として明け方を迎える頃、秘かに恬子内親王の許より、次のような歌を記した文が業平の寝所にとどけられた。

君《きみ》やこし　我《われ》や行《ゆ》きけむ　おもほえず　夢《ゆめ》か現《うつつ》か　寝《ね》てかさめてか（『伊勢物語』六十九段）

この意味深長な恋歌に対し、業平も、

かきくらす　心《こころ》の闇《やみ》に　まどひにき　夢《ゆめ》うつつとは　こよひ定《さだ》めよ（同・六十九段）

の歌を返すのである。この業平の歌は、私はあなたを思う気持ちにかき乱されているのだ。今は全く混乱に陥っているから、私の判断する能力は全く定かではない。そのため、ふたりの情事が本当のことであったか、または夢であったかは、今夜またお逢いして定めようではないか、という意味であろう。

ただし『古今和歌集』巻十三・恋歌三―六四六においては「世人《よひと》さだめよ」と改められているが、わたくしは素直にいっても「こよひ定《さだ》めよ」の歌のほうがよいように思われるのである。ふたりの愛情はあくまで他人が介入してとやかくいうよりも、まず第一にふたりにゆだねられるべきだといっているからである。

業平と斎宮恬子内親王とは、その後、業平の公の務めや、社公的つき合いのために、再びふたりだけで逢うチャンスを失い、悲しくもついに別れる結果に終わるのである。「男《をとこ》も人知《ひとし》れず血《ち》の涙《なみだ》をながせど、え逢《あ》はず」と『伊勢物語』には述べられている。

そこで斎宮恬子内親王は、別れの杯《さかずき》の皿《さら》に、歌の上句を秘かに記して業平に贈ったのである。それは「かち人《びと》の　渡《わた》れど　濡《ぬ》れぬ　えにしあれば」というものであった。「かち人」は徒人《かちびと》の意で、乗りものにのらず足で歩く人をいう。つまり、歩いて川を渡っても少しも衣類を濡さずに越えていくような浅い江、そのような浅い縁《えにし》であったのだろうかという意味である。

それに対し業平は、松明の残り炭で、「又《また》あふ坂《さか》の　関《せき》はこえなん」と記し、また逢う日を約束して、仕方なしに別れていったというのである。

【第六十四話】

斎宮問題の余波

斎宮恬子《やすこ》内親王と業平の密会は、公には知らされなかったようである。なぜならば、恬子内親王はその後も長く斎宮としてとどまっておられたからである。

斎宮は、本来神聖犯すべからざる未婚の聖女でなければならないとされている（『延喜式』巻五・神祇五斎宮）。それ故、業平との情事が公になれば、即刻、恬子内親王は斎宮から身をひかなければならなかった訳である。

しかるに、清和天皇の治世を通じて、十八年の長きにわたって斎宮を務められたのは、業平との交情は遂に公にされず、その秘密はきびしく守られていたからであろう。

しかし、『古事談』二―二六では、次のような話を伝えているのである。それは「高階家《たかしな》は業平の末葉《まつよう》」という秘話である。「業平朝臣《なりひらあそみ》、勅使《ちょくし》と為《な》りて伊勢《いせ》に参向《さんこう》する時《とき》、斎宮《さいぐう》に密通《みっつう》す」と記し、それに続けて「（斎宮《いつきのみや》）懐妊《かいにん》して男子《だんし》を生《う》めり」と、秘め事を暴露しているのである。

その事が露見することを恐れた業平たちは、生まれた子を摂津守であった高階茂範《しげのり》の子としたというのである。つまり、高階師尚《もろなお》というのは業平たちの子供であるが、その事を世間には一切秘して知らしめなかったと伝えているのである。

この『古事談』話は、大江匡房《まさふさ》があらわす『江家次第《ごうけしだい》』などから伝えられた物語をもとにしたものであろう。『江家次第』には、既に高階師尚は、斎宮の密通した不義の子である故に、師尚の子孫は伊勢神宮の参拝は一切慎んで参らなかったと記している（『江家次第』十四）。

このように大江氏が、業平に関する秘話を伝えているが、恐らく、それには大江音人《おとんど》などが関与していたのではないだろうか。

大江音人は、『公卿補任』貞観六年の条に「平城天皇《へいぜいてんのう》の曽孫《ひまご》、阿保親王《あぼしんのう》の孫《まご》」と注記されるように、在原業平とは近親関係にあり、しかも同時代に生きた人物であったからである。大江音人は業平が五十三歳であった元慶元（八七七）年になくなっている。

それはともかくとして、業平と伊勢の斎宮恬子内親王との秘め事が再燃するのは、一条天皇の定子《ていし》《さだこ》と彰子《しょうし》《あきこ》との争いの時代であった。いうまでもなく、中宮定子は藤原道隆《みちたか》と高階貴子《たかこ》（高内侍《こうのないし》）の娘であり、彰子は道隆の弟、道長と源倫子《みなもとのりんし》の間に生れた娘であった。

道隆がなくなり、道長が内覧宣旨を被って、権力を把握すると、彰子が産んだ敦成親王《あつひら》（後の後一条天皇）が立太子されたのである。その対立する間において、藤原行成《ゆきなり》が一条天皇から御下問をうけた時、定子皇后の御子である第一皇子の敦康親王《あつやす》は、高階貴子を祖母とする故に「高氏《こうし》の先《さき》は斎宮《さいぐう》の事《こと》に依《よ》り其《そ》の後胤為《こういんた》るの者《もの》は皆以《みなもっ》て和《わ》せざる也《なり》」（『権記』寛弘八年五月二十七日庚子条）と答えている。つまり道長の娘彰子が産んだ敦成親王が、皇統を継ぐのにふさわしいと主張しているのである。

【第六十五話】 密通事件の信疑

業平と斎宮恬子《やすこ》内親王の密通事件は、政争のときに再び問題とされたのは事実であるが、実際にかかる話が真実であるか否かは、昔より論議され、なかなか決着出来ないテーマの一つとなっていたのである。

特に、近世になって国学派の学者である荷田春満《かだのあずままろ》や賀茂真淵《かものまぶち》らは、『伊勢物語』は全篇において「狼藉奇怪」の物語で、史実として到底信用できないと主張している。

また斎宮は多くの女性にかしずかれた聖女であったから、ひとりで男の寝所を訪ねることは不可能であったというのである。仮に、秘かに密通事件が起きても、子供が生まれれば露見する可能性は大きいのである。それが世に顕れれば、斎宮は直ちに廃されなければならないのである。

『日本書紀』をひもとくと、「欽明紀」には「磐隈皇女《いわくまひめみこ》……初《はじ》め伊勢《いせ》大神《おおかみ》に侍《つか》え祀《まつ》る。後《のち》に皇子《みこ》茨城《いばらぎ》に姧《をか》されたるに坐《よ》りて解《と》けぬ」（「欽明紀」二年三月条）とあり、欽明天皇の皇女の磐隈皇女が伊勢の斎宮に任ぜられたが、異母兄の茨城皇子と通じて、解任されているのである。

また、欽明天皇の皇子として皇位をつがれた敏達《びだつ》天皇の時代にも「菟道皇女《うじのひめみこ》を以《も》って、伊勢《いせ》の祠《まつり》に侍《はべ》らしむ。即《すなわ》ち池辺皇子《いけべのみこ》に姧《をか》されぬ。事顕《ことあらわ》れて解《と》けぬ」（「敏達紀」七年三月壬申〔五日〕条）として、菟道皇女は斎宮を解かれているのである。

にもかかわらず、恬子内親王は斎宮を解かれるどころか、清和天皇の御存位の十八年にわたって斎宮を務めていたのである。その上、この事件が起ったとされる頃は、業平は四十歳を過ぎていて、既に初老を迎えていたから、若い未婚の女性と通ずることは無理だろうと説くひともいるのである。

このような反対論が少なからず出されているが、わたくしは全くの虚構と考えてはいないのである。第一に、この秘密の噂話の出どころが、業平の縁者である大江音人《おとんど》を通じて、大江氏に伝えられているからである。

大江音人はこの噂話を耳にしても、もちろん、近親者である業平に害の及ぶのを恐れて世間には公表せずに家伝の秘事としていたのであろう。

しかし時代が過ぎて大江匡衡《まさひら》の頃になると、その妻赤染衛門《あかぞめえもん》は、道長やその室倫子と親しく、自ずと『伊勢物語』にまつわる話を摂関家のひとびとに噂話として伝えたのではあるまいか。

匡衡の玄孫である匡房の院政の時代になると、それは公然たる話となって、『江談抄』にははっきりと業平の情事は語られるようになった、とわたくしは考えている。

業平の一生において、高子と恬子内親王との赦されざる恋こそが、そのクライマックスとなるものであったと考えているのである。

【第六十六話】

応天門《おうてんもん》の変《へん》

業平にとって、忘れることのできぬ相手であった藤原高子が、清和天皇の許に入内したのは、業平が四十二歳の貞観八（八六六）年十二月であった。「従五位下藤原朝臣高子《じゅごいげふじわらあそみたかこ》を以《も》って女御《にょうご》と為《な》す」（『三代実録』貞観八年十二月二十七日戊戌条）と記されているが、この年の八月十九日には、藤原良房は「太政大臣《だじょうだいじん》に勅《ちょく》し、天下《てんか》の政《まつりごと》を摂行《せっこう》せしむ」（『三代実録』貞観八年八月十九日辛卯条）とあり、名実共に政権を一身に集め絶頂期に達した時であった。

それは、大納言伴善男《とものよしお》らが策謀したという応天門の変を、政治的な手腕を駆使して処理した功でもあったのである。

応天門の変の起こりは、貞観八（八六六）年閏三月十日の夜に、応天門が焼け、棲鳳《すいほう》・翔鸞《しょうらん》の両楼に延焼した事件である（『三代実録』貞観八年閏三月十日乙卯条）。

この事件の犯人はしばらくは不明であった。伴善男は左大臣であった源信《みなもとのまこと》を放火犯と告発したが、良房のとりなしで難をのがれることができたといわれている（『伴大納言絵巻』）。

ところが、備中権史生《ごんのしょう》であった大宅鷹取《おおやけのたかとり》と伴善男の従者、生江恒山《いくえのつねやま》との間に子供をめぐる喧嘩が起こり、恨んだ大宅鷹取の告白により、善男らが放火犯であることが判明したのである。

八月三日に、大納言伴善男と息子の中庸《なかつね》らが捕縛された（『三代実録』貞観八年八月三日乙亥条）。九日には大納言伴善男は伊豆国に流され、右衛門佐伴中庸らは隠岐などへ配されたのである（『三代実録』貞観八年九月二十二日甲子条）。

伴善男は、稀に見る才能で出世を重ねてきたが「性《せい》は忍酷《にんこく》にして、口弁有《こうべんあ》り」と評されるように、性格は冷酷であったが弁説の才があってのしあがってきた男である。しかし「心《こころ》に寛雅《かんが》ならずして……人《ひと》の短《たん》を弾斥《だんせき》」する酷吏の典型的な人物といわれていた。

この事件にあたって、業平や紀氏一族にとって驚きであったのは、従五位上行肥後守の紀夏井《きのなつい》が土佐国に配流されたことである（『三代実録』貞観八年九月二十二日甲子条）。

紀夏井は、美濃守従四位下善岑《よしみね》の三男であるが、「性《せい》は甚《はなは》だ温仁《おんじん》にして雅《もとよ》り、才思有《さいしあ》り」（『三代実録』貞観八年九月二十二日甲子条）と評される文人肌の人物であった。小野篁《たかむら》の書道の弟子で、篁からは「真書の聖」とたたえられていたという。

紀夏井は初めて文徳天皇にお仕えした時は「衣履疎弊《いりそへい》」であったから、侍臣達から嘲笑されたが、天皇は「疲駿《ひしゅん》」と評され殊寵されたと記されている。つまり、宮廷に出仕した夏井の身なりははなはだ麁末《そまつ》であったが、文徳天皇は「疲《つか》れている駿馬《しゅんめ》」といわれて、その優れた人柄と才能を寵用されたというのである。

【第六十七話】紀夏井《きのなつい》の生きざま

『群書類従』に収められた「紀氏系図」によれば、夏井は征夷大将軍紀古佐美《きのこさみ》の玄孫である。父は美濃守従四位下の善岑《よしみね》であった（『三代実録』貞観八年九月二十二日甲子条）。

文徳天皇に信任され重用されたが、清和天皇の時代に入ると、俄かに地方官に追いやられ、あまつさえ、応天門の変では無理やりに、土佐国に遠流とされてしまったのである。夏井が、藤原良房にとって、もっとも警戒すべき紀氏の鋭才と見なされていたからであろう。

夏井は文徳天皇の時代に、少内記から大内記に至っているが、この内記の職掌は「詔勅《しょちょく》を造《つく》り、凡《およ》そ御所《ごしょ》の記録《きろく》の事《こと》を 掌《つかさど》る」（『令義解』「職員令」中務省条）である。

この職はいうまでもなく文筆に優れた人物に任用されるものであった。

因みに、平安初期に「大内記」に任ぜられた者は、菅原清公《きよきみ》《きよとも》（『日本後紀』弘仁三年正月条）、春澄善《はるすみのよし》縄《づな》（『続日本後紀』天長十年三月条）、菅原是善《これよし》（『右同』承和元年正月条）、大江音人《おとんど》（『右同』天長十五年二月条）、都良香《みやこのよしか》（『文徳実録』元慶三年十一月条）、和気貞主《わけのさだぬし》（『右同』仁寿二年二月条）などである。

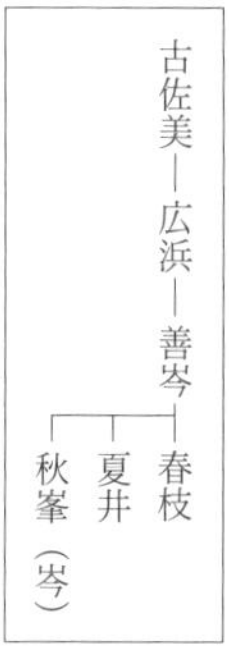

これらの人物は当代一流の儒門の家の出身者であるが、夏井もこれ

らに伍して立派に職務を果しているのである。

　のみならず、「志《こころざし》を秉《とり》て忠直《ちゅうちょく》にして、時《とき》に規《き》諫《かん》有《あり》」とあるように、温和と評された夏井は、義に照らし、正しき道を、ためらわず天皇に諫言申し上げたというのである。

　このように愚直と思える程の夏井の真面目な性格と、多くの民衆からうける良吏として声望が、何よりもまして、藤原良房には脅威であったのであろう。

　そのために、応天門の変にかこつけて、遠流として夏井を葬り去らなければならなかったのである。

　紀夏井と紀《きの》名《な》虎《とら》及び有常《ありつね》の系譜関係は左の通りである。流れは異にするが、夏井と有常は同世代であったのである。

　しかも、夏井は小野篁《たかむら》の愛弟子であったことも、見落してはならない点であろうと考えている。

　小野篁も平安初期の最も優れた文人官僚であったが、藤原常嗣《つねつぐ》と遣唐船の事で争い、隠岐へ流された硬骨な人物であったのである。その薫陶は、紀夏井にもうけつがれていたのである。

┌飯麿―古佐美―広浜―善岑―夏井
└猿取―船守―梶長┬興道―本道―望行―貫之
　　　　　　　　└名虎―有常

【第六十八話】紀夏井《きのなつい》の冤罪

夏井は斉衡二（八五五）年に従五位下に叙せられたが、相変らず家貧して、邸宅を持つこともできなかった。見兼ねられた文徳天皇は夏井のために、宅一区を賜ったといわれている。

夏井は文徳天皇の期待にたがわず、極めて能吏であった。「夏井《なつい》は天性聡敏《てんせいそうびん》にして事《こと》に臨《のぞ》みて滞《とどこお》らず」といわれ、そのため「恩寵優渥《おんちょうゆうあく》にして任用転重《にんようたたおも》し」と称賛されていたのである。

だが、天安二（八五八）年に文徳天皇が崩ぜられ、清和天皇が即位されると、藤原良房らに警戒されて直ちに地方官の讃岐守に転出させられてしまったのである。

夏井はそれにも拘らず、地方官として赴くと、「政化《せいか》は大《おお》いに行《おこな》われ、吏民之《りみんこれ》を安《やす》んじ、境内翕《けいだいきゅう》然《ぜん》とす」（『三代実録』貞観八年九月二十二日甲子条）という状態であった。「翕然」は多くのものが集まって一つになるさまである。つまり「朝野翕然」の意で、官も民も心ひとつに集まり合うことであろう。

讃岐守の任期が修了し夏井が帰国しようとすると、農民はこぞって留任を求め、そのため期間を二年先のばししたという。その結果、国の租税を収納する倉は満ち溢れ、大きな倉を新造することになったと伝えている。

夏井が帰郷するに当って、農民達は感謝の品物を贈ったが、夏井はただ筆墨用の紙だけを受納したと伝えられている。夏井は京に長らくとどまることは許されず、貞観七（八六五）年には、更に遠くの肥後守においやられたのである。夏井の母はこれを聞いて涙を流して悲しんだといわれている。夏井は、肥後においても誠心誠意、国を治めていたが、突如、応天門の変に関係ありとして罪をきせられたのである。

実は、夏井の異母弟の豊城《とよき》という男が、夏井が諫止したにも拘らず、伴善男《とものよしお》の許に身を寄せ、応天門の変の関係者として捕えられてしまったのである。その時、夏井は、その豊城の兄という理由で無理やりに遠流に処せられたのである。しかし、これは法にてらしても、明らかに違法であった。

それ故、温厚な夏井も「凡《およ》そ、法律《ほうりつ》の所謂《いうところ》の首従《しゅじゅう》の坐《ざ》には、必《かなら》ず差降《さこう》あり。予《よ》は是《こ》れ従《じゅう》の兄《けい》にして、亦《また》、縁坐《えんざ》なり。今《いま》、善男《よしお》と同《おな》じく遠流《おんる》に配《はい》せらる、何《なん》ぞ其《そ》の別有《べつあ》らんや」（『三代実録』貞観八年九月二十二日甲子条）として、必死に抗議したのである。

このことは、夏井は直接の関与者ではないにもかかわらず、首犯の伴善男と全く同じ土佐国に遠流に処せられるのは、解せないというのである。それでも遠流とされる夏井が土佐に護送される途中の国の人びとは、数十里の間に及び哭声は絶えなかったという。

土佐に流された夏井は医学を生かして採薬合練し、多くの病者を救ったと伝えられているのである（『三代実録』貞観八年九月二十二日甲子条）。

【第六十九話】 藤の花の歌

業平や紀氏一門のひとびとは、この紀夏井《きのなつい》の遠流に対して抗議することはとうてい許されない立場に置れていたし、味方する有力者もいなかったのである。在原行平がやっと参議に列したのは、その四年後の貞観十二（八七〇）年正月であった（『三代実録』貞観十二年正月十一日甲子条）。

この時、正三位 源 融《みなもとのとおる》及び従三位藤原基経《もとつね》は大納言となり、従三位 源 多《みなもとのまさる》は中納言に進み、正四位下 源 勤《みなもとのつとむ》は行平と共に参議に叙せられているのである。

清和天皇も、青年期の頃になられるから、次第に良房の権勢に掣肘を加えられることもできたであろうが、貞観八（八六六）年当時は極めて困難な状況に置かれておられたのだろう。

貞観八（八六六）年は、良房が関白に任ぜられ、その権力は最盛期に達した時であったからである。『大鏡』に、良房は「文徳天皇《もんとくてんのう》の御《おん》をぢ、太皇大后《たいこうおおきさき》 明 子《あきらけいこ》の御父《おんちち》、清和天皇《せいわてんのう》のおほぢにて、太政大臣《だじょうだいじん》、准三后《じゅんさんきさき》（宮）の位《くらい》にのぼらせ給《たま》ふ」（『大鏡』巻二・良房条）皇室の外戚として、威光を放っていたのである。

紀氏一族のみならず、在原業平らも屈服を余儀なくされていたが、藤原良房への批判は心に秘めていたのである。

『伊勢物語』は、左兵衛督《さひょうえのかみ》であった在原行平《ゆきひら》が、左中弁《さちゅうべん》の藤原良近《まさちか》を酒宴に招いた時の話を伝えているのである。その時、行平は瓶の中に、三尺六寸ばかりも垂れ下がる見事な藤の花を活けていたという。そこへ、訪ねてきた「あるじのはらから」、つまり業平に行平は咲き誇る藤の花を題にして歌を詠むことを要請したのである。

するとと、業平とおぼしき人は、

咲《さ》く花《はな》の　したにかくるる　人《ひと》を多《おほ》み　ありしにまさる　藤《ふぢ》のかげかも（『伊勢物語』百一段）

の歌を詠じたのである。

それを耳にした行平は、どうしてこのような歌を作ったのだと尋ねると、業平は「おほきおとどの栄《えい》、花《はな》の盛《さか》りにみまそがりて、藤氏《とうし》のことに栄《さか》ゆるを思《おも》ひてよめる」と答えたのである。「おほきおとど」はいうまでもなく太政大臣藤原良房のことである。その良房の栄華のお蔭で、藤原一門の方々は一層栄えるのだというのである。

これは、一見宴の席で藤の下蔭にいる藤原良近を、讃美しているようにも思われるが、『伊勢物語』には、ことさらに「皆人《みなひと》、そしらずなりにけり」という意味深長な言葉を附している。

恐らく、業平は、良房の権勢によって、藤氏一門であれば、その才能を問われずに高い官位が与えられ、時めくことができるのだと、皮肉をこめて詠ったのであろう。

【第七十話】藤原良近《まさちか》と業平

在原行平《ゆきひら》が左兵衛督《さひょうえのかみ》に就任したのは、貞観六（八六四）年三月であった。また同じ日に業平も「従五位上《じゅごいのじょう》行《ぎょう》左兵衛権佐《さひょうえのごんのすけ》在原朝臣業平《ありわらあそみなりひら》近衛権少将《このえのごんのしょうしょう》と為《な》す」（『三代実紀』貞観六年三月八日甲午条）として、近衛権少将に任ぜられている。

一方、行平は、貞観十二（八七〇）年正月に参議に進み（『三代実録』貞観十二年正月十三日丙寅条）、藤原良近も同じ月に「従五位上《じゅごいのじょう》守《のかみ》左少弁《さしょうべん》藤原朝臣良近《ふじわらあそんまさちか》を右中弁《うちゅうべん》と為《な》す」（『三代実録』貞観十二年正月二十五日戊寅条）として、右中弁に任ぜられている。

貞観十四（八七二）年二月には、良近は右中弁から少納言となっている（『右同』貞観十四年二月十五日乙卯条）。さらに貞観十六（八七四）年に左中弁に転じており、翌年には神祇伯となっている（『三代実録』貞観十七年九月九日戊子条）。

これらの史料から判断すれば、行平が藤の花を飾って良近を招待したのは、貞観十二（八七〇）年とするか、あるいは貞観十六（八七四）年とするかで迷わざるを得ないことになる。ただ、『伊勢物語』に、良近を「左中弁」とあるのを「右中弁」の誤記とするならば、一応、辻褄が合うことになる。仮りに貞観十二（八七〇）年とすれば、その前年の貞観十一（八六九）年には、業平は従五位上より、七年ぶりに正五位下に叙せられている。因みに業平が従四位下に進むのはその四年後の貞観十五（八七三）年正月のことである。

藤原良近は承和の変で大宰府の員外帥に追いやられた吉野の息子である。彼は「容儀《ようぎ》観《み》る可《べ》く、風望清美《ふうぼうせいび》なり、学術《がくじゅつ》無《な》しと雖《いへ》ども、政理《せいり》を以《もっ》て推《おさ》る」（『三代実録』貞観十七年九月九日戊子条）と評されるように、実務官僚のひとりであったようである。

行平が藤原良近を招待したのは、藤原氏のなかでも、政変に巻きこまれて失脚した父を持ちながら「政理を以って推された」能吏であったからであろう。だが、業平にしてみればやはり、藤原一門の者達は、太政大臣良房の厚い庇護をうけ、着々と官位を進められていると思っていたのであろう。

良近は貞観三（八六一）年に右少弁に任ぜられてからほとんど弁官局にあり、貞観十（八六八）年には早くも右中弁まで累進しているからである。また、良近の娘は清和天皇の更衣となり、貞平《さだひら》親王と識子《さとこ》内親王をもうけているのである。

先述のように業平は貞観十一（八六九）年正月に七年ぶりに、やっと従五位上より正五位下に叙せられているのである。良近の出世にくらべ、まことに歴然たる差異があったのである。

その間、業平は左兵衛権佐や左近衛少将、右馬頭という武官を務め、中央政局から遠い地位に追いやられていたのである。その心の憂さのはけどころは、先の歌などに求めるほかはなかったのである。

【第七十一話】

業平の「からくれない」の歌

業平は、良房から敬遠されていたが、その養子基経《もとつね》の妹、高子《たかこ》との交際は間歇的につづけられていたのである。『古今和歌集』には「二条后《にじょうのきさき》の、春宮《とうぐう》の御息所《みやすどころ》と申《もうし》ける時《とき》、御屏風《おほむびやうぶ》に、竜田河《たつたがは》にもみぢ流《なが》れたる形《かた》を書《か》けりけるを題《だい》にて、よめる」とあり、

素性《そせい》
もみぢ葉《ば》の　ながれてとまる　みなとには　紅深《くれなゐふか》き　浪《なみ》やたつらむ（『古今和歌集』巻五・秋歌下―293）

業平朝臣《なりひらのあそみ》
ちはやぶる　神世《かみよ》も聞《き》かず　たつた河《がは》　から　紅《くれなゐ》に　水《みず》くくるとは（同・巻五・秋歌下―294）

と記されている。

これは、後に二条の后と呼ばれた高子と、清和天皇との間に生誕された貞明親王《さだあき》（後の陽成天皇）が皇太子となられた頃に、歌人の業平や素性を召して、屏風絵にそれを祝うための歌を献上させているのである。

貞明親王が皇太子に立てられたのは、貞観十一（八六九）年二月一日である（『三代実録』貞観十一年二月一日己丑朔条）。清和天皇は貞観十八（八七六）年十一月二十九日に譲位されているから（『三代実

録』貞観十八年十一月二十九日壬寅条）、この間に業平の「からくれない」の名歌は作られたのであろう。因みに業平は大江音人《おおえのおとんど》と共に田邑山陵《たむらさんりょう》（文徳天皇陵）に赴いて、陽成天皇の受禅の報告をしているのである（『三代実録』貞観十八年十二月二十九日壬申条）。

それはともかくとして、高子に召されたのは素性と業平であったことは注意されてよい。素性は僧正遍照の息子であり、仁明《にんみょう》天皇と紀種子《きのたねこ》の間に生れた常康《つねやす》親王を父遍照と共に最後まで慰めていた歌僧であったからである。

業平もまた、種子の妹、静子が文徳天皇との間にもうけられた惟喬《これたか》親王を終世尽《おまもり》していたのである。左の皇統から窺えるように、業平と素性は全く同じような桓武天皇の流れをくむ人物である。

素性の屏風歌は、紅葉葉が竜田河に流れ下流の水門《みなと》にたまる所は、さぞかし紅深き浪が立つであろうという意であろう。

業平の歌は、神々の時代でも、そのようなことがあったとは聞いたことはない。竜田河が、からくれないに絞り染めにされたということは、という意である。「くくる」は「潜《くぐ》る」ではなく、「括《くく》り染《そ》め」であろうと解されている（『名義抄』）。

桓武天皇
- 平城上皇 ― 阿保親王 ― 在原業平
- 良岑安世 ― 宗貞（遍照）― 素性
- 嵯峨天皇 ― 仁明天皇 ― 文徳天皇 ― 清和天皇 ― 陽成天皇

この業平の歌は御存知のように「百人一首」に収められていて、人口に膾炙している名歌である。

【第七十二話】 大原野神社

業平の「からくれないの」の歌とほぼ同じ頃に、業平は高子《たかこ》に従って、大原野に赴いて和歌を献じている。『古今和歌集』には「二条后《にじょうのきさき》の、まだ東宮《とうぐう》の宮《みや》すん所《どころ》と申《まう》しける時《とき》に、大原野《おおはらの》に詣《まう》で給《たま》ひける日《ひ》、よめる　業平朝臣《なりひらのあそみ》」とあり、

大原《おほはら》や　小塩《をしお》の山《やま》も　けふこそは　神世《かみよ》のことも　思《おもひ》いづらめ（『古今和歌集』巻十七・雑歌上―871）

という歌をとどめている。山城国乙訓郡《おとくにぐん》の小塩山《おしおやま》の山麓には、藤原氏の氏神である春日社を勧請した大原野神社が祀られ、藤原高子が参拝におとずれたのである。

この神社は現在京都市西京区大原野に鎮守しているが、奈良より平安遷都に伴って春日社が勧請されたものであり、大原野神社は藤原冬嗣が仁明天皇の嘉祥三（八五〇）年に現地に移したものである（『名跡志』神祇正宗）。貞観三（八六一）年二月十一日には皇太后藤原順子が参拝しているのである。高子の参拝もこれに準じたものであろう。

業平の歌は、氏人を代表して東宮の御息所《みやすんどころ》の藤原高子が、心をこめて参拝される今日こそは、藤原氏の祖先神とされる天児屋命《あめのこやねのみこと》が天孫降臨に従い、「神事《かむこと》を主《つかさど》る宗源者《もと》なり。故《かれ》、太占《ふとまに》の卜事《うらごと》を以《もっ》て、仕《つか》へ奉《まつ》らしむ」（「神代紀」）として、仕えてきたが、中臣《なかとみ》から藤原氏へと変わっても、天皇の最

高の補任を任務としてきた。その事を今、想い返すこともあるだろう、という意味である。この物語は、『伊勢物語』七十六段にも伝えられるが、ここでは業平は「近衛府《このゑづかさ》にさぶらひける翁《おきな》」として登場している。

業平は、清和天皇の貞観十七（八七五）年正月に右馬頭より右近衛中将に任ぜられているから、その頃であろう。貞観十八（八七六）年は「大原野祭《おおはらのまつ》りを停《とど》む」（『三代実録』貞観十八年二月七日乙卯条）とあるので、貞観十七（八七五）年二月のことと推定されるのである。貞観十七（八七五）年に業平は五十一歳であったから、当時では翁と称しても不思議ではないのである。

その翁が「大原や」の歌を献じながら、『伊勢物語』七十六段では「心《こころ》にもかなしとや思《おも》ひけん、いかが思《おも》ひけん、知《し》らずかし」と記しているのである。

業平がかなしいと思ったのは高子から「御車《みくるま》よりものを賜《たま》わった」ことであったのであろうといわれるが、わたくしは、むしろ若き頃の高子との情愛を業平が想起し、遂に高嶺の花となってしまった女性への尽せぬ想いが「心にも悲しきと」思われたのではないかと思っている。それは今から想えば神世のことのようにはるか昔のことと思われるというのである。

かつて、高子と引き離された業平は、五条の大后の西の対《たい》に住んでいた高子をしのんで、「春や昔の春ならぬ」と慨嘆したことを、ここで再び想い出して、感慨にふけっていたのではないだろうかと、わたくしは考えているのである。

【第七十三話】良房の栄華の歌

業平に心の重圧を加えてきた良房は、貞観十四（八七二）年九日に六十九歳で薨じている。良房は「おほかた公卿《くぎょう》にて卅年《さんじゅうねん》、大臣《おとど》の位《くらい》にて廿五年《にじゅうごねん》ぞおはする。この殿《との》ぞ、藤氏《とうし》のはじめて太政大臣《だじょうだいじん》、摂政《せっしょう》したまふ。めでたき御《おん》ありさま也《なり》」（『大鏡』巻二・良房）と記されるように、摂関政治のさきがけとなった人物である。

ある時良房は、娘の染殿《そめどの》の后明子《きさきあきらけいこ》の前に見事に咲いた桜の花がいけられたのを見て、

　としふれば　よはひはおいぬ　しかはあれど　はなをしみれば　ものおもひもなし

（『大鏡』巻二・良房、『古今和歌集』巻一・春歌上―52）

と歌ったという。

良房のこの歌は『古今和歌集』に載せられているが、興味深いことに業平の「渚院《なぎさのいん》にて桜《さくら》を見《み》て、よめる」と題した、

　世中《よのなか》に　たえてさくらの　なかりせば　春《はる》の心《こころ》は　のどけからまし（『古今和歌集』巻一・春歌上―53）

の歌の前におかれている。

良房が「花を見れば　物思もなし」と栄華を賛歌しているが、そこにつづいて、業平の「さくらの

なかりせば　のどけからまし」の歌があるのは、読みようによっては、良房が手離しで嬉んでいることを揶揄しているとも思われるのである。もちろん、紀貫之の意図的な作為であったかどうかは分らないが、ときには『古今和歌集』は、このような悪戯を隠しているようである。

因みにこの歌は『枕草子』の「清涼殿《せいりょうでん》の丑寅《うしとら》の隅《すみ》の」の一節に見えるのである。それによれば、「勾欄《こうらん》のもとに青《あを》き瓶《かめ》の大《おほ》きなるをすゑて、桜《さくら》のいみじうおもしろき枝《えだ》の五尺《ごしゃく》ばかりなるを、いと多《おほ》くさしたれば、勾欄《こうらん》の外《と》まで咲《さ》きこぼれたる」を見て、中宮たちにせきたてられて清少納言がすかさず書き記したというのである。ここでは清少納言が敬慕する中宮様を拝見していれば、わたくしは少しも悩むことはありませんという意味であろう。同じ歌でも、そのおかれた配列によってその意味合が、微妙に異るが、良房は自らの栄華を堪能し切っているといってよいであろう。

染殿の后と称された明子は良房と源潔姫《みなもとのきよひめ》（嵯峨天皇の皇女）との間に生れた一粒種の愛娘であった。しかも良房は、明子を外戚の地位を獲るための大切な駒として用いたのである。文徳天皇が皇太子時代に明子を東宮后とし、その所生の惟仁《これひと》親王（清和天皇）を、紀静子《きのしずこ》のもうけた惟喬《これたか》親王らを超えて立太子に擁立したのもそのためであった。

天安二（八五八）年に、清和天皇がわずか九歳の若さで即位されると、良房が史上初めての摂政となり、権力をほしいままにしたのである。

因みに染殿とは、平安左京北辺四坊七町（現在の京都御苑の北東部）にあった良房の邸宅である。

【第七十四話】 長良《ながら》の兄弟妹

業平の忘れえぬ恋人のひとりであった高子《たかこ》は、権中納言長良の娘である。

長良は、贈太政大臣冬嗣の長子であったが、弟の良房に大きく官位をこえられている。彼は、弟、良房と大いに異なり「志行高潔《しこうこうけつ》にして、寛仁度有《かんじんどあ》り」(『文徳実録』斉衡三年七月癸卯〔三日〕条)とあるように、生真面目な性格であった。しかし、反面極めて情け深い人物であったらしい。

彼は仁明《にんみょう》天皇に近侍しながらも終世「敢《あ》えて和狎《わちん》せず」という態度を崩さなかったといわれている。阿諛《あゆ》することを、潔しとしなかった硬骨の人であったようである。だが、長良は士大夫に接する時は、常に寛容をもってし、人に貴賤なしととなえていたという。

後に、第三子の基経《もとつね》が摂政太政大臣となり、また娘の高子が清和天皇の女御となって陽成天皇をもうけると、長良は正一位、太政大臣を追贈されている(『文徳実録』斉衡三年七月癸卯〔三日〕条)。

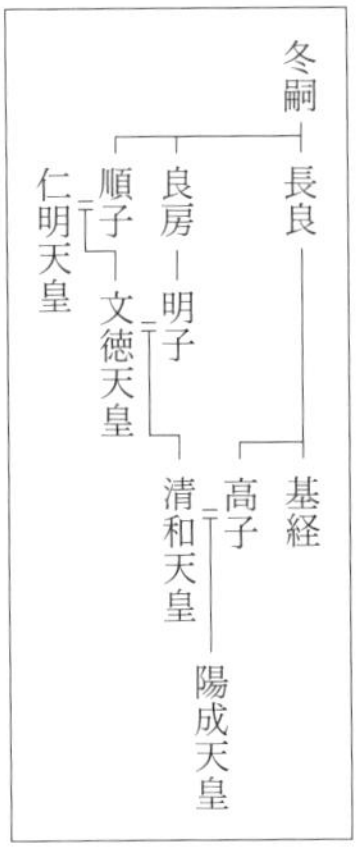

長良の息子の基経が叔父の良房の養子に迎えられ、基経が権力を掌中にする間に、基経の妹、高子は、后がねとして深窓で大切に育てられていくのである。

高子は、五条の后と呼ばれた良房の妹のもとに引きとられて、その西の対《たい》に住まわされたのである。

五条の后は、藤原順子《のぶこ》を指すが、順子は冬嗣の娘で、長良・良房・良相《よしみ》らの兄弟がいた。

順子は、正良《まさよし》親王（後の仁明天皇）の後宮に入り、天長四（八二七）年道康《みちやす》親王、つまり文徳天皇の御生母となるのである。「姿色《しよう》美《うつく》しく、雅性和厚《がせいわこう》なり」（『三代実録』貞観十三年九月二十八日辛丑条）と評されるように、美貌の女性で、温雅な性格であったと伝えられている。

まだ若い頃、父冬嗣の家でくらしていた頃の話であるが、順子が朝早く手を洗おうとした時、その器には小さな虹が降って入ってきたと伝えられている。

占者にうらなわせると、それは「至貴《しき》の祥《しょう》にて、其《そ》の慶言《けいい》ふべからず」というものであったが、占い違わず、仁明天皇の皇太子の時代に召されて、文徳天皇をもうけられるのである。

順子の邸宅は五条にあったので、五条の后の名で呼ばれたのである。その五条の后が姪に当たる高子を引きとって清和天皇の后となるべく養われるのである。

『伊勢物語』四段に「東《ひがし》の五条《ごじょう》に大后《おほきさい》の宮《みや》おはしましける、西《にし》の対《たい》に住《す》む人有《ひとあり》けり」とあるが、これは五条の后（順子）の許に引きとられて西の対を与えられて住む高子のことを述べているのである。

【第七十五話】

陽成天皇の時代と業平

高子《たかこ》は、藤原基経《もとつね》にとって権力を獲得するための、秘中の宝であった。それを象徴的に示すものは、兄、基経の初夢の物語である。

基経は夢の中で、高子が庭の中で露に臥しているのを見ていたが、見る間にお腹が脹れ出したという。それがやがてつぶれると、その気が天に昇っていったというのである。基経が夢を見てから間もなく高子は、清和天皇の許に入内し陽成天皇をもうけられたのである（『三代実録』陽成天皇即位前紀、貞観十八年十二月条）。

しかし、その高子が入内する以前、つまり五条の宮の深窓で大切に育てられていた頃に、業平が高子の許に、秘かにかよいつめていたのである。高子を介して、朝廷の外戚の地位をねらっていた良房や基経は、強引にふたりの仲を裂いてしまったのである。業平もこれを契機に官位の昇進から見放なされる結果となるのである。

高子は、貞観八（八六六）年十二月二十七日に清和天皇の女御となっている（『三代実録』貞観八年十二月二十七日戊戌条）。

この貞観八（八六六）年という年には、伴善男《とものよしお》らによる応天門の変が起こり、紀夏井《きのなつい》が無理やりに土佐へ流されているが、それをうまく政治的に収めた藤原良房は「太政大臣《だじょうだいじん》に勅《みことのり》して、天下《てんか》の政《まつりごと》を摂行《せっこう》せしむ」（『三代実録』貞観八年八月十九日辛卯条）として、摂政に任ぜられているのである。つまり、高子の入内した年は、良房が摂政となり、人臣の最高の地位を占めた年であった。

業平は、六年間は従五位上のまま置かれていたが、貞観十一（八六九）年の一月に「右馬頭在原朝臣業平《うまのかみありわらあそみなりひら》……正五位下《しょうごいのげ》」を授《さず》く（『三代実録』貞観十一年正月七日乙丑条）として、やっと正五位下に進んでいる。

この年の二月には貞明《さだあき》親王が皇太子に立てられているのである（『三代実録』貞観十一年二月己丑朔条）。貞明親王は、貞観十年（八六八）十二月に清和天皇と高子との間に生誕された御子であるから、生後わずか三ヵ月で立太子されたのである。良房の政権掌握のあせりを如実に示しているが、それに目鼻がついた段階で業平の昇進も認める心境になったのであろう。

良房は、貞観十四（八七二）年九月に薨じているが、その翌年の正月に業平はやっと従四位下に叙せられているのである。

貞観十八（八七六）年十一月に清和天皇は貞明親王に譲位され、陽成天皇の時代に入ると、その翌年の元慶元（八七七）年一月に、業平は右近衛中将《うこのえのちゅうじょう》に任ぜられ、同じ年の十一月には従四位上に叙せられているのである。陽成天皇の時代に入ると、業平が昇進していくのは、恐らく陽成天皇の生母高子の好意のあらわれであろう。

【第七十六話】

善祐《ぜんゆう》との密通事件

高子《たかこ》は、恋多き女性であったようである。

若き日の業平との情事は、物語に伝えられているが、皇太后と呼ばれた時も、東光寺《とうこうじ》の僧善祐との不倫が発覚し、高子は皇太后を廃されている。

『日本紀略』の寛平八（八九六）年九月に「皇太后藤原朝臣高子《こうたいごうふじわらあそみたかこ》を停《とど》め廃《はい》す。清和《せいわ》の后《きさき》にして、陽《よう》成院《ぜいいん》の母儀《ぼぎ》なり、事秘《ことひ》して知《し》らず」（『日本紀略』寛平八年九月二十二日庚子条）と記されている。

また、『扶桑略記』にも「陽成太上天皇《ようぜいだいじょうてんのう》の母儀《ぼぎ》の皇太后藤原高子《こうたいごうふじわらたかこ》と東光寺《とうこうじ》の善祐《ぜんゆう》と、竊《ひそか》に交《かよ》ひ通《つう》ず云々《うんぬん》。仍《よ》って后位《こうい》を廃《はい》す。善祐法師《ぜんゆうほうし》に至《いた》りては伊豆《いづ》の講師《こうし》に配流《はいる》す」（『扶桑略記』二十二宇多天皇寛平八年九月二十二日条）と具体的に語っている。

東光寺は、元慶《がんきょう》年間に高子の御願で建てられた寺である。山城国愛宕郡の神楽岡《かぐらおか》の南に建立され、もともとは光孝天皇の従兄弟に当る幽仙《ゆうせん》が尽力して造営された寺であり、幽仙の弟子の善祐が門主に任ぜられたものである。

その東光寺の造営などをめぐって、善祐は高子に接するようになった。特に寛平元（八八九）年九月に、高子が病に臥すと、二人の噂は宮中をかけめぐり宇多天皇も御心配になられたというのである。

それは高子が病気と称して床に臥しているのは、善祐の児を娠《みご》もり、その期に臨んだためだというものである。

善祐は、寛平八（八九六）年に至って、伊豆に流されたが『拾遺和歌集』には「善祐法師《ぜんゆうほうし》流《なが》され侍《はべり》ける時《とき》、母《はは》の言《い》ひ遣《つか》はしける」との詞書に続いて、

泣《な》く涙《なみだ》 世《よ》はみな海《うみ》と なりななん 同《おな》じ渚《なぎさ》に 流寄《ながれよ》るべく（『拾遺和歌集』巻十五・恋五―925）

として、善祐の母の涙の渚の歌が伝えられている。

また、『後撰和歌集』にも「善祐法師《ぜんゆうほうし》の伊豆《いづ》の国《くに》に流《なが》され侍《はべり》けるに　伊勢《いせ》」とあり、

別《わかれ》ては 何時逢《いつあ》ひ見《み》むと 思《おもふ》らん 限《かぎり》ある世《よ》の 命《いのち》ともなし（『後撰和歌集』巻十九・離別羇旅―1319）

という伊勢の歌を載せている。

高子は皇太后を廃されたが、それでも封四〇〇戸が与えられているのである（『日本紀略』寛平八年九月二十三日条）。

高子は、その晩年を東光寺でくらしていたようであるが、延喜十（九一〇）年三月二十四日に亡くなられている。時に六十九歳であったと伝えられている。崩ぜられてより、三十三年目にして、天慶六（九四三）年五月に至って、やっと皇太后に復することが認められたのである。

【第七十七話】善祐《ぜんゆう》事件

藤原高子《たかこ》と善祐の不倫の関係が、ひとびとの噂にのぼり、宇多天皇のお耳にも達していたのは、すでに寛平元（八八九）年の頃であった。しかし、実際に高子が廃后となり、善祐が伊豆へ流されたのは八年後の寛平八（八九六）年であった。

このように長い間、伏せられていたのが寛平八年に至って、急にかかる処置がなされたのは、一体どういう訳があったのであろうか。恐らく、次のような事情を考えるべきではなかろうか。

仁和三（八八七）年八日に光孝天皇のあとをうけて即位された宇多天皇は、それまで臣籍降下されて源定省《みなもとさだみ》と呼ばれており、光孝天皇が崩ぜられる前日に急遽「朝臣姓《あそみせい》を削《けず》って、以《もっ》て親王《しんのう》に列《れっ》し」（『日本紀略』仁和三年八月二十五日丙寅条）、光孝天皇の崩御の日に皇太子となり、即位されているのである。

宇多天皇の擁立に、決定的な働きをなしたその功により、「萬機巨細《ばんききょさい》、百官惣己《ひゃくかんのすべてを》、太政大臣《だじゃうだいじん》に関《かかは》り白《まう》し、然《しか》る後《のち》に奏下《そうか》せよ」（『日本紀略』仁和三年十一月二十一日庚寅条）として、基経《もとつね》はいわゆる「関白」となり、政治の実権をゆだねられることとなったのである。

しかるに、関白の任を「阿衡《あかう》の任《にん》」とする勅をめぐって、基経は宇多天皇と悶着を引き起し、宇多天皇は基経の主張に、やむなく従わざるを得なかったのである。

藤原一門の門閥政治の頂点に立っていた基経は、寛平三（八九一）年正月に五十六歳で薨じたのである（『日本紀略』寛平三年正月十三日癸亥条）。その後をうけて、政局の頂点を占めたのは、左大臣源融《みなもとのとおる》や右大臣藤原良世《よしよ》であった。

良世は冬嗣の八男で基経のあとをうけて、「氏長者」（『公卿補任』寛平三年条）となったが、謙譲な人格で右近衛大将の辞表を何度も提出している程である（『三代実録』貞観十八年十二月二十一日、元慶二年二月十四日、同年三月十三日、元慶五年二月八日、元慶五年三月十一日条）。良世は基経と異なり、積極的に政治に口出しをするような人物ではなかったようである。

基経の長男、時平は寛平二（八九〇）年十一月に三十歳の若さで閣議の末席に列席しているが、未だ政界における発言権は弱かったようである。

業平の兄、在原行平《ゆきひら》は光孝天皇時代より前中納言として、宇多天皇の寛平五（八九三）年までとどまっていたのである。

このようにして宇多天皇は、着々と、藤原氏の門閥政治に代わって、親政の実をあげられてきたのであるが、御子の醍醐天皇に譲位される前年の寛平八（八九六）年に、高子の事件に決着をつけられたのである。

【第七十八話】 高子《たかこ》の名誉回復

高子は、寛平八（八九六）年に廃后されたが、亡くなられたのは醍醐天皇の延喜十（九一〇）年三月二十四日で、六十九歳に達していたという（『日本紀略』延喜十年三月二十四日条）。

そして、それより三十三年を経て、朱雀天皇の天慶六（九四三）年五月二十七日に「前《さき》の皇太后《こうたいごうの》宮《みや》、藤原《ふじわら》高子《たかこ》皇太后《こうたいごう》の本号《ほんごう》に復《ふく》す」（『日本紀略』天慶六年五月二十七日甲辰条）として、やっと皇太后にもどされたのである。

天慶六（九四三）年当時の朝廷の中枢は「関白《かんぱく》、太政大臣《だじょうだいじん》従一位《じゅいちい》藤原忠平《ふじわらただひら》　左大臣《さだいじん》、正二位《しょうにい》藤原《ふじわら》仲平《なかひら》　大納言《だいなごん》、正三位《しょうさんみ》藤原実頼《ふじわらさねより》　大納言《だいなごん》、従三位《じゅさんみ》藤原師輔《ふじわらもろすけ》」（『公卿補任』天慶六年条）であった。つまり、基経《もとつね》の息子や孫の一門で政局を完全におさえていた時期であった。この時期に、基経の妹高子の名誉回復をはかったのであろう。

高子の一生は、決して幸福なものではなかったようである。兄、基経らによって、外戚の地位を得るための手段として使われ、業平との恋もはかなく消されてしまったのである。

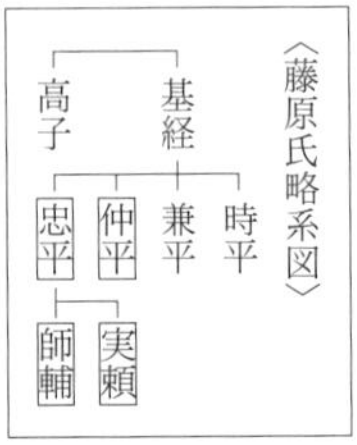

清和天皇の許に入内されて、皇太子とされた貞明《さだあき》親王をもうけられ、その貞

明親王は即位されて陽成天皇となられるが、わずか八年間ばかりの御在位であった。陽成天皇は「御《み》病《やまひ》、時々《ときどき》発《おこる》こと有《あ》りて、萬機《まつりごと》滞《とど》こほふること久《ひさし》く成《な》りぬ」（『三代実録』元慶八年二月四日乙未条）として基経によって退位させられたのである。

『三代実録』では陽成天皇の御退位をあくまで病弱説と述べているが『三代実録』を繙《ひもと》いても、この頃に陽成天皇が御病気になられたという記載は見当らないのである。

陽成天皇は、村上天皇の天暦三（九四九）年九月二十九日に八十二歳の長寿で崩ぜられているから、病弱による廃位という考えには従い難いといわれている（『日本紀略』天暦三年九月二十九日条）。

それより『三代実録』の源《みなもとのふやす》益という陽成天皇近侍の臣が、殿上において「卒然《そつぜん》として格殺《かくさつ》される」事件が、直接の原因としてあげられている（『三代実録』元慶七年十一月十日癸酉条）。

この事件は、「禁省事《しんしょうこと》を秘《ひ》し、外人《がいじん》知《し》らず」（右同）として秘密扱いとされたが、陽成天皇が戯れのあまり、源益をあやまって格殺されたようである。「格殺」とは、手にて殺すことである。

源益は陽成天皇の乳母の紀全子《きのぜんし》の息子であり、常日頃から天皇の遊び友達のひとりであった。

【第七十九話】

陽成天皇の御退位

陽成天皇は宮中に、源益《みなもとのふやす》などのような遊び仲間を集めていられた。陽成天皇は馬を大変愛好され、禁中の閑処に秘かに飼わせていた。そのため、馬の飼育に長けていた右馬少允小野清如《きよこと》や、馬術に長けていた権少属紀正直《きのまさなお》をしばしば宮中に喚び出して、馬術に興じていたという。

それを苦々しく思っていた太政大臣基経《もとつね》は、小野清如や紀正直らの「猥群《わいぐん》」（みだらな者たち）を宮中から直ちに追放したのである（『三代実録』元慶七年十一月十六日己卯条）。

確かに宮中を憚からざる所業が、陽成天皇とそれを囲む近侍の者達によってひき起されてはいたが、陽成天皇としては藤原門閥政治の傀儡に利用されるだけであり、その心の憂さの捌け口をかかる形で現していたのではないだろうか。

「物狂帝《ものぐるいのみかど》」（『皇年代略記』）などと、その陽狂振りを批判される御性格であったかも知れないが、陽成天皇の周辺に集められた人物は、多くは紀氏や小野氏という反藤原氏の立場に置かれていた氏族の者達であった。

そのため、基経は陽成天皇のもとに集まる輩を、断固として排除し、陽成天皇を廃することを決意したのであろう。

確かに基経にすれば、妹、高子の所生の陽成天皇は権力把握のために欠かせぬ存在であったが、陽成天皇が放縦な態度で反抗し、紀氏や小野氏の子弟を集めていくのを見て、遂に、陽成天皇を廃し、温厚篤実な老令の光孝天皇擁立を計ったのである。

光孝天皇は「少《わかく》して聡明《そうめい》にして、好《この》んで経史《けいし》を読《よ》む。容止《ようし》は閑雅《かんが》なり、謙恭和潤《けんきょうわじゅん》にして慈仁《じじん》は寛昿《ひろ》し」（『三代実録』光孝天皇即位前紀、天慶八年二月条）と評されていた。また、光孝天皇の御生母の藤原澤子《さわこ》は基経の母である乙春《おとはる》と御姉妹の関係にあったのである。

『大鏡』の基経の条に「小松《こまつ》の帝《みかど》（光孝天皇）の御母《おほむはは》、このとの（昭宣公）の御母《おほむはは》（乙春）、はらからにおわします」とあり、「児《こ》より小松《こまつ》のみかどをば、したしくみたてまつらせ給《たま》ふ」と記している。

陽成天皇の後嗣を定める会議において、嵯峨天皇の御子である源融《みなもとのとおる》が「ちかき皇胤《こういん》をたづねば、融《とおる》らもはべる」と皇位の望みをちらつかせても、直ちに基経は、「皇胤《こういん》なれど、姓給《せいたまわ》りて、たゞ人《ひと》にてつかへて、位《くらゐ》につきたる例《ためし》やある」と反駁し、時康《ときやす》親王を皇位に擁して、光孝天皇として即位せしめたのである（『大鏡』）。その功により、基経は重ねて関白の詔をたまわっているのである（『公卿補任』元慶八年条）。

【第八十話】

二条院の歌合

陽成天皇が退位されると、皇太后の高子《たかこ》も宮中の常寧殿《じょうねいでん》を出て二条院に移られた。この二条院は左京二条二坊に設けられた御所である。

陽成天皇は譲位後、直ちにこの二条院に移られたから、高子とともに住まわれたことになるのである。それ故、このようにして陽成上皇の御所ともなったので、二条院は陽成院とも称されるようになったのである。因みに、『源氏物語』の光源氏の二条院は陽成院をモデルとして描かれたと言われている。

陽成上皇は、この院にて、しばしば歌合などを催しておられるのである。とりわけ延喜十（九一〇）年から天慶六（九四三）年に至るまで、陽成上皇の御子、元良《もとよし》親王と元平《もとひら》親王の御兄弟が歌合を主催されているが、延喜十二（九一二）年及び延喜十三（九一三）年には、陽成上皇みずから主催された歌合が行われているのである。

陽成上皇の御製といえば、すぐに『後撰和歌集』の「釣殿《つりどの》の皇女《みこ》につかはしける　陽成院御製《ようぜいいんぎょせい》」に続く、

筑波嶺《つくばね》の　峰《みね》より落《お》つる　みなの河《がは》　恋《こひ》ぞ積《つ》もりて　淵《ふち》となりける（『後撰和歌集』巻十一・恋三―776）

を想起されるだろう。この御製は『百人一首』にもとられた御歌である。

この御歌は一説には『万葉集』の、

筑波嶺《つくばね》の　石《いは》もとどろに　落《お》つる水《みづ》　世《よ》にもたゆらに　わが思《おも》はなくに（『万葉集』巻十四―3392）

の影響を示すともいわれているが、陽成上皇の御製の恋歌も、なかなか優れているといってよいであろう。陽成上皇の御子の元良親王も、優れた歌人であった。

『百人一首』にも収められている、

わびぬれば　今《いま》はた同《おな》じ　難波《なには》なる　身《み》をつくしても　逢《あ》はんとぞ思《おもふ》（『後撰和歌集』巻十三・恋五―960）

は『後撰和歌集』に載せられているが「事出《ことい》で来《き》てのちに京極御息所《きょうごくみやすんどころ》につかはしける」と詞書されている。この京極御息所は、宇多法皇の后である藤原褒子《よしこ》を指すが、その秘事が世間の噂にのぼった頃の歌である。

『元良親王御集』に、「陽成院《ようぜいいん》の一《いち》の宮《みやのもとよし》元良のみこ、いみじき色《いろ》ごのみにおはしければ、世《よ》にある女《をみな》のよしと聞《きこ》ゆるには、あふにもあはぬにも、文《ふみ》やり歌《うた》よみつつやり給《たま》ふ」と記され、「一夜《ひとよ》めぐりの君《きみ》」と呼ばれたというのである。高子の孫に当たる元良親王は「いみじき色好み」と評されるように、高子の奔放な性格は、元良親王に隔世遺伝されているのである。

しかし、高子にしろ、陽成上皇や元良親王はすべて、藤原氏の権勢確立のためにあやつられ、あげくの果てに中央から遠ざけられた悲劇的な面を、捨象することは許されないのではあるまいか。

【第八十一話】 業平と源融《みなもとのとおる》

ところで、ふたたび業平のことに筆をめぐらさなければならないが、業平が貞観の末年に、にわかに昇進するのは、高子の配慮があったようである。

陽成天皇は、貞観十八（八七六）年十一月二十九日、父君の清和天皇の譲位により、わずか九歳で即位されたのである（『三代実録』陽成天皇即位前紀）。

すると、早くも業平は、元慶元（八七七）年一月に右近衛中将に任ぜられ、同年十一月に「右近衛《うこのえの》権中将在原朝臣業平《ごんのちゅうじょうありわらあそみなりひら》……従四位上《じゅしいのじょう》」（『三代実録』元慶元年十一月二十一日戊午条）に叙《じょ》すとして、従四位上に昇進している。時に業平五十三歳である。

業平の昇進は、恐らく高子の好意を示唆するのであろう。高子も現天皇の御生母として、かかる配慮を業平に示されたのであろうと考えられている。

しかし、陽成天皇が即位されると、すぐに左大臣正二位源融と摂政右大臣基経《もとつね》の確執が顕著となり、源融は元慶元（八七七）年十二月に遂に上表して「職《しょく》を解《と》かれんことを請《こ》う」（『三代実録』元慶元年十二月四日庚午条）たのである。

左大臣の辞職の融の願いは、例によって詔を以て許されなかったが、翌月の元慶二（八七八）年正月にも、融は重ねて辞表を提出したのである。

融の辞意の撤回を諭された天皇の綸旨をもって、融の許に赴いた人物は、業平であった（『三代実録』元慶二年正月三日巳亥条）。融の辞意は結局認められなかったが、融は父君嵯峨天皇縁《ゆかり》の嵯峨の地に棲《せい》霞観《かかん》を置き、ここに退いたのである

棲霞観は後に、入宋した奝然《ちょうねん》が三国伝来の秘伝の栴檀《せんだん》の釈迦像をまつり、その釈迦堂を中心として、清涼寺となった所である。融の棲霞観は現存しないが、『源氏物語』「松風」に、「造《つく》らせ給《たま》ふ御堂《みだう》は、大覚寺《だいがくじ》の南《みなみ》に当《あ》たりて、滝殿《たきどの》の心《こころ》ばへなど劣《おと》らずおもしろき寺《てら》なり。これは川《かは》づらに、えもいはぬ松陰《まつかげ》に、何《なに》のいたはりもなく建《た》てたる寝殿《しんでん》のことそぎたるさまも、をのづから山里《やまざと》のあはれを見《み》せたり」とある山里は、融の棲霞観をイメージして描いたものといわれている。

融はまた、現在の京都市下京区五条通寺町下ル附近に河原院を営み、塩竈《しおがま》を模して遊興し、政治のしがらみをさける生活に没入していくのである。

その河原院に親交のあった在原行平《ゆきひら》がまねかれていたことは先に触れたが、『伊勢物語』に「かたゐ翁《おきな》」と別称した業平とおぼしき人も、河原院に遊び、

塩釜《しほがま》に　いつか来《き》にけむ　朝凪《あさなぎ》に　釣《つり》する舟《ふね》は　ここに寄《よ》らなん（『伊勢物語』八十一段）

の歌を詠じている。

【第八十二話】 業平と文人達

業平は、陽成天皇の即位により、右近衛中将となり、従四位以下に任ぜられて、やっと晩年に至って昇進するのである。

清和天皇の譲位により、陽成天皇が即位されるに際して業平は、従三位行左衛督《さえもんのかみ》大江音人《おとんど》と共に、文徳天皇を祀る田邑《たむら》の山陵に赴いて受禅の事を報告している。その告文には、「田邑御門《たむらのみかど》（文徳天皇）の矜賜《あわれみた》はむ厚《あつ》き慈《めぐみ》を受《う》け戴《いただ》きてし、天《あめ》の日嗣《ひつぎ》の政《まつりごと》は平《たひらけ》く、天地《あめつち》日月《ひつき》と共《とも》に、守《まも》り供《そな》へ奉《たてまつる》べし」（『三代実録』貞観十八年十二月二十九日壬申条）と述べている。

陽成天皇の即位に当たり、特にその祖父に当たられる文徳天皇の御遺徳がことさらに回顧され、その御加護によって皇位継承がなされたと申しているのである。

また、元慶元（八七七）年正月に、豊楽殿で即位された時も、「天下《あめのした》を治《おさ》め賜《たま》ふ君《きみ》は、賢人《かしこきひと》の良《よ》き佐《たす》けを得《え》てし、天下《あめのした》をば平《たひらけ》く安《やす》く治《おさ》むる物《もの》」（『三代実録』元慶元年正月三日乙亥条）として、優れた賢人の補佐の重要性を説いている。

確かに、陽成天皇の初めの頃には、南淵年名《みなふちのとしな》や大江音人、菅原是善《これよし》らの錚々たる学者が政治の中枢に顔を揃えていたのである。しかもこれら三人の儒学者は、お互いに友好を深めていたのである。

先に触れたように、元慶元（八七七）年三月に、南淵年名は小野山荘に、大江音人、菅原是善らを招いて尚歯会《しょうしかい》を催している（『扶桑略記』貞観十九年〔元慶元年〕四月九日条）。これは大唐の会昌五（八四五）年に白楽天が開いた七叟尚歯会《しちそう》に倣うものであった。

このような優れた人物が、業平にいかほど影響を与えたかは確かではないが、少なくとも藤原氏の圧政に耐えるためには、精神的な救いになったことは事実であろう。

例えば、大江音人は参議従三位行左衛門督として、元慶元（八七七）年十一月に薨じているが、音人は「内性沈静《ないせいちんせい》にして、外《そと》は質訥《しつとつ》に似《に》たり」（『三代実録』元慶元年十一月三日庚子条）と評される人物で、是善の父、菅原清公《きよきみ》《きよとも》に師事して儒学を学び、能吏として活躍した人物で「昔《むかし》、恩《おん》ある者《もの》は、貴《き》に至《いた》りて厚《あつ》く之《これ》に報《むく》ゆ」という人義に厚い高潔な文人官僚であったのである。

特に注意さるべきは、大江音人は『公卿補任』貞観六年条に、阿保《あぼ》親王の孫である大枝本主《もとたか》の子と記され、母は阿倍親王の侍女と記されていることである。

また、大江匡房の『続本朝往生伝』にも「音人《おとんど》ハ……何保《あぼ》親王《しんのう》ノ子也《こなり》」と見える如く、大江音人は業平と縁《ゆかり》の深い人物であったと見なされていたのである。

【第八十三話】

業平と文人官僚

菅原是善《これよし》も、元慶三（八七九）年八月三十日に、六十九歳で薨じている。是善は、藤原清公《きよきみ/きよとも》の子で、道真《みちざね》の父に当る。

是善は、「幼《おさ》なくして聡穎《そうれい》にして才学日《さいがくひ》に新《あらた》なり」といわれた神童で、十一歳の時、殿上に召されて、帝の前で書を読み詩を賦したといわれている。

後に文章博士《もんじょうはかせ》や大学頭《だいがくのかみ》を経て、参議に列し、遂に従三位を授けられているが、「常《つね》に風月《ふうげつ》を賞《しやう》し、吟詩《ぎんし》を楽《たの》しみ……人物《じんぶつ》を仁愛《じんあい》する」（『三代実録』元慶四年八月三十日辛亥条）と評され、風雅を愛し、仁慈の心の持ち主であった。

このような傑出した人物と共に業平は晩年を過していたのである。

業平が、これらの儒者と親しくなったのは、貞観十四（八七二）年五月に、渤海使を鴻臚館《こうろかん》で労問した時であろう。その際、参議正四位下の大江音人《おとんど》も鴻臚館を訪れて、詔命を伝えているのである。

更には大学頭兼文章博士の巨勢文雄《こせのふみお》や文章得業生の藤原佐世《すけよ》が鴻臚館に赴いているし、また東宮学士の橘広目《たちばなのひろみ》などもつかわされて、詩を賦している（『三代実録』貞観十四年五月十七日丙戌条等）。

これらの官人は、渤海使の接客に当たったから、儒学の素養に特に優れており、漢詩を賦する才能の持ち主が多かった。その上、外国の使節に対面する立場から、自ずと容貌においても優れた人物であったようである。

大江音人は、「人《ひと》と為《な》り、広眉大目《こうびだいもく》にして、儀容《やうき》は魁偉《かいい》なり。音声美大《おんせいびだい》にして甚《はなは》だ風度《ふうど》あり」（『三代実録』元慶元年十一月三日庚子条）といわれる美丈夫であった。

業平は「体貌閑麗《たいぼうかんれい》なり」（『三代実録』元慶四年五月二十八日辛巳条）とうたわれた美貌の貴公子であった。

もちろん、彼は「略才学無《ほぼさいがくな》し」として儒学や漢詩の教養には優れなかったが、「善《よ》く倭歌《わか》を作《つく》る」とあって、詩才豊かな人物であったのである。

ここでいう閑麗は、みやびやかで、うるわしい様をいうが、宋玉《そうぎょく》の「登徒子好色賦」の一節にも「玉《ぎょく》（宋玉）は人《ひとと》なり、体貌閑麗《たいぼうかんれい》にして口《くち》に微辞多《びじおお》し」とあるによったものであろう。

因みに、宋玉は、戦国時代の楚の国の人で屈原の弟子である。屈原が追放されると九辯を作ってこれを悲しんだといわれている。その宋玉に、業平はなぞらえられていたのである。

確かに、業平は永遠の美貌の詩人であったばかりでなく、宋玉のように、世に入れられぬひとびとに対しても熱い涙をながす心やさしい人物であったことを示唆するものであろう。

【第八十四話】　つくも髪

『伊勢物語』六十三段には、「いかで心《こころ》なさけあらむおとこ《（を）》に、あひ得《え》てしがな」と常々、思っていた年老いた女性の息子の懇請で、在五中将は「あはれがりて来《きたり》て寝《ね》にけり」という話を伝えているが、これも業平が単なる色好みではなく、時にはあわれなひとへ寄せる深い同情心の持ち主であることを、如実に語っているようである。この時、在五中将業平は、

百年《ももとせ》に　一年《ひととせ》たらぬ　つくも髪《がみ》　我《われ》を恋《こ》ふらし　面影《おもかげ》に見《み》ゆ（『伊勢物語』六十三段）

と歌ったというのである。そして、この物語の末尾に「世《よ》の中《なか》の例《れい》として、思《おも》ふをば思《おも》ひ、思《おも》はぬをば思《おも》はぬ物《もの》を、この人《ひと》は、思《おも》ふをも、思《おも》はぬをも、けぢめ見《み》せぬ心《こころ》なんありける」と結んでいる。つまり、在五中将は、誰彼と自らの趣向によって、「けぢめ見せぬ」博愛の精神の持ち主であったというのである。

また業平は、一度情を交した女性に一生変らぬ愛を持ちつづけていたのである。例えば高子《たかこ》とは、基経《もとつね》らの手によって引き離されたが、お互いの愛情は、下樋のようにいつまでも流れつづけていたのである。『伊勢物語』百段には「むかし、おとこ《（を）》、後涼殿《ごらうでん》のはさまを渡《わた》りければ、あるやむごとなき人《ひと》の御局《おほむつぼね》より、『忘《わす》れ草《ぐさ》を忍《しの》ぶ草《ぐさ》とやいふ』とて、いださせ給《たま》へりければ、たまはりて」に続いて、

忘草《わすれぐさ》 生《お》ふる野《の》べとは 見《み》るらめど こは忍《しの》ぶなり 後《のち》もたのまん（『伊勢物語』百段）

と歌を返したと記るされている。

この物語は『大和物語』百六十二段にも載せられているが、「あるやむごとなき人《ひと》」を「宮《みや》すん所《どころ》の御方《おほむかた》」つまり高子であると明記しているのである。

この歌は、この私を、忘れ草のはえている野原のように御覧になられているようですが、ここにはえている草は、「忍ぶ草」であることを思い出して下さい。私は決してこの先も、あなたを想い忍ぶ人でいますから、どうぞこの後もお忘れになりませんように、という意味であろう。

この業平の歌は『続古今和歌集』巻十四・恋四―一二七〇にも「後涼殿《ごらうでん》の局《つぼね》より、忘草《わすれぐさ》をしのぶ草《ぐさ》とやいふとて、女《をんな》のいだして侍《はべ》りければよめる」という詞書を付して収録されているから、業平の歌とみてよいであろう。

因みに、後涼殿は天皇の御所の清涼殿の西に位置する御殿で、御息所の住まいとされたところである。

また『伊勢物語』五十一段には「昔《むかし》、おとこ（を）、人《ひと》の前栽《せんざい》に菊《きく》うへ（ゑ）けるに」とあり、

植《う》へ（ゑ）し植《う》へ（ゑ）ば 秋《あき》なき時《とき》や 咲《さ》かざらん 花《はな》こそ散《ち》らめ 根《ね》さへ枯《か》れめや（『伊勢物語』五十一段）

とあり、『大和物語』百六十三段にも「在中将《ざいちゅうじょう》に、后《きさい》の宮《みや》より菊召《きくめ》しければ、奉《たてまつ》りけるついでに」とあり、高子の許に菊を献上した人物は業平である。この歌は『古今和歌集』巻五・秋歌下―二六八で業平の作と明記している。

【第八十五話】業平の昇進願い

業平は、常に藤原北家の門閥政治に対して批判の姿勢を保っていたが、時には身の不遇を訴えることがなかった訳ではないのである。

例えば『後撰和歌集』に載せる歌はその一つである。この歌には「思《おも》ふところありて、前太政大《さきのだじゃうだい》臣《じん》に寄《よ》せてはべりける」と題して、

たのまれぬ　うき世《よ》の中《なか》を　歎《なげ》きつつ　日陰《ひかげ》に生《お》ふる　身《み》を如何《いか》にせん（『後撰和歌集』巻十六・雑二―1125）

という業平が基経《もとつね》に昇進を懇願する歌を伝えている。この詞書にある「前太政大臣」は、基経を指すが、正確にいえば基経が太政大臣に任ぜられたのは、業平の没後の元慶四（八八〇）年十二月四日である（『三代実録』元慶四年十二月四日癸午条）。

業平は奇しくも、元慶四（八八〇）年五月二十八日に死去しているから、この歌を基経に提出したのは、基経の摂政右大臣の時代の元慶元年から元慶四年までの業平の最晩年の頃であろう。「たのまれぬうき世」とは「何も期待すら出来ないこの憂き世」という意味であろう。「日陰に生ふる身」とは摂関家の藤原一門はいうに及ばず、さしたる庇護をうける有力者を持たぬ身を表現したものであろう。

業平は、元慶元（八七七）年十一月に、従四位上に叙せられているから（『三代実録』元慶元年十一月二十一日戊午条）、あるいは、新しく国母となった高子《たかこ》が、兄基経に願って業平が昇進した際の歌であるかも知れないと考えている。

兄の行平《ゆきひら》は貞観十六（八七四）年十二月に従三位となり、公卿の席を得ているのである。しかも行平の娘文子《ぶんし》は、清和天皇の更衣となり、貞数《さだかず》親王をもうけているのである。

『伊勢物語』七十九段には「むかし、氏《うぢ》のなかに親王《みこ》うまれ給《たま》へりけり。御産屋《おほむうぶや》に、人《ひと》びと歌《うた》よみけり。御祖父《おおぢ》がたなりける翁《おきな》のよめる」とあり、

わが門《かど》に　千尋《ちひろ》ある影《かげ》を　うへ《（ゑ）》つれば　夏冬《なつふゆ》たれか　隠《かく》れざるべき（『伊勢物語』七十九段）

と記しているのは、行平の娘が貞数親王を産んだ時のものである。

御祖父がたの翁は、いうまでもなく業平を指す。我が家の門に、千尋に達する陰をつくる竹を植えたなら、暑い夏も寒さのきびしい冬になっても、誰でもその一門の者はかくれることが出来るだろうという期待の歌である。

貞数親王の誕生は貞観十七（八七五）年であるが、『三代実録』では「皇子《みこ》貞数《さだかず》を親王《しんのう》と為《な》す。年《とし》二歳《にさい》、母《はは》は更衣《こうい》参議《さんぎ》大宰《だざいの》 権帥《ごんのそち》従三位《じゅさんみ》在原朝臣《ありわらあそみ》行平《ゆきひら》の女《むすめ》なり」（『三代実録』貞観十八年三月十三日辛卯条）として、翌年に親王とされたのである。

在原一門にとって貞数親王は、まさに唯一の希望の星であったのである。

【第八十六話】　業平の子たち

貞数《さだかず》親王が八歳を迎えた時に、皇太后高子《たかこ》の四十賀の祝宴が宮中の清涼殿で催された。その際に貞数親王は選ばれて陵王を御前で舞ったが、「上下観《かみしもみ》る者《もの》、感《かん》じて涙《なみだ》を垂《なが》す」有様であったと伝えている。外祖父の行平《ゆきひら》は、直ちに舞台下に赴いて親王を抱持して歓躍して退出したといわれている（『三代実録』元慶六年三月二十七日己巳条）。

この時は業平は既に二年前に没しているから、この光栄を知るすべもなかったが、在原氏にとっては最高の催しものであったのである。

貞数親王は雅楽の名手であったとみえ、光孝天皇の仁和二（八八六）年正月にも、十二歳で祝宴の宴に舞い、その見事さに帯剣を聴《ゆる》され、その舞の装束などを賜っている（『三代実録』仁和二年正月二十一日辛丑条）。また和歌の道の嗜みもあり、『後撰和歌集』に「桂《かつら》のみこに住《す》みはじめける間《あひだ》に、かのみこあひ思《おも》はぬ気色《けしき》なりければ　貞数《さだかず》の親王《みこ》」に続いて、

人知《ひとし》れず　物思頃《ものおもふころ》の　我《わが》が袖《そで》は　秋《あき》の草葉《くさば》に　劣《おと》らざりけり（『後撰和歌集』巻十三・恋五―901）

の恋歌をとどめている。

ここに見える「桂のみこ」は、宇多天皇の皇女孚子《さねこ》内親王である。「桂の皇女《みこ》」と称されたのは、

内親王の御所の前に桂の木が植えられていたからである。この地は、後に後白河法皇の六条殿となった所といわれている。桂の皇女は、敦慶《あつよし》親王や源《みなもとの》　嘉植《よしえ》らと恋仲となられたが、遂に一生独身を通された女性である。

貞数親王は、在原行平らにとっては希望の星であったが、行平没後は次第に影を薄めていったようである。

歌人としても、業平の息子、棟梁《むねやな》や滋春《しげはる》及び孫の元方《もとかた》などの方が優れているようである。棟梁は、貞観十（八六八）年に春宮舎人《とうぐうとねり》に任ぜられ、光孝天皇の仁和元（八八五）年正月に「左兵衛大尉《さひょうえのだいじょう》正六位上《しょうろくいのじょう》在原朝臣《ありわらあそみ》棟梁《むねやな》は……従五位下《じゅごいのげ》に授《じょ》す」（『三代実録』仁和元年正月二十二日戊寅条）として、従五位下に授せられている。

同じ年の四月には「散位《さんい》従五位下《じゅごいのげ》在原朝臣《ありわらあそみ》棟梁《むねやな》を雅楽頭《うたのかみ》と為《な》す」（『三代実録』仁和元年四月二十七日辛巳条）として雅楽頭に任ぜられているが、その翌年の仁和二（八八六）年六月には、棟梁は雅楽頭より、左兵衛佐に転じている（『三代実録』仁和二年六月十三日辛酉条）。

棟梁は、父業平と同じく武官を務めていたのである。最終的には棟梁は従五位上筑前守に任ぜられているが、その活躍分野はむしろ、歌壇の人であったようである。

在原氏の残映は、棟梁やその子元方に伝えられるが、業平の如きはなやかさは、すでに失われていたのである。

【第八十七話】

棟梁《むねやな》の歌

棟梁の歌は、『古今和歌集』をはじめ、『後撰和歌集』及び『続後拾遺和歌集』に七首収められている。『古今和歌集』の、

春《はる》たてど　花《はな》もにほはぬ　山《やま》ざとは　もの憂《う》かる音《ね》に　鶯《うぐひす》ぞなく（『古今和歌集』巻一・春歌上―15）

の歌は、そのまま棟梁の心境を示しているようである。それは既に凋落の兆しをみせている在原家の将来を象徴しているといってよいであろう。

棟梁は、「寛平御時后宮《きさいのみや》の歌合の歌」に召されていたが、

秋《あき》の野《の》の　草《くさ》のたもとか　花《はな》すすき　ほにいでてまねく　袖《そで》と見《み》ゆ覧《らん》（『古今和歌集』巻四・秋歌上―243）

しら雪《ゆき》の　八重《やへ》ふりしける　かへる山《やま》　かへるがへるも　老《おい》にけるかな（同・巻十七・雑歌上―902）

秋風《あきかぜ》に　ほころびぬらし　藤袴《ふぢばかま》　つづりさせてふ　きりぎりす鳴《な》く（同・巻十九・雑体―1020）

の歌をとどめている。いずれも叙情的であるが、定型的な言葉で綴られているようである。

『後撰和歌集』の歌も、「寛平御時后宮の歌合の歌」として、

花薄《はなすすき》　そよともすれば　秋風《あきかぜ》の　吹《ふ》くかとぞ聞《き》く　ひとり寝《ぬ》る夜《よ》は（『後撰和歌集』巻七・秋下―353）

があるが、これも相変らず秋風の吹く花薄を歌って寂寥感を示し、常套な表現にとどまっている。た

だ『後撰和歌集』には、

我《わ》が恋《こひ》の　数《かず》にしとらば　白妙《しろたへ》の　浜《はま》の真砂《まさご》も　尽《つ》きぬべら也《なり》（『後撰和歌集』巻十・恋二―643）

と歌って、わずかに恋多き業平の子にふさわしい恋歌をとどめているのである。だがこれも、『古今和歌集』の、

我《わ》が恋《こひ》は　よむとも尽《つ》きじ　ありそ海《うみ》の　浜《はま》の真砂《まさご》は　よみつくすとも（『古今和歌集』仮名序）

を本歌とするものであろうから、棟梁の独創性を示すものとは、いい難いものがある。

『続後拾遺和歌集』には、「二月《きさらぎ》のころ、梅《うめ》の花《はな》のもとにてよめる」歌が載っている。

色《いろ》ごとに　咲《さ》ける梅《うめ》が枝《え》　むべしこそ　折《お》る人《ひと》からの　色《いろ》にしむらめ（『続後拾遺和歌集』巻一・春歌上―50）

この棟梁の歌は「色にしむらめ」とある箇所が、異本には、「袖にしむらめ」と改められている。とりようによっては、同じような行為をしてもその人柄や趣好によって自ら異なって見えるといっているように思われるのである。

全く棟梁の名にもそむき、更には歌人にふさわしくない役目であるが、彼は地味に役目をこなしていたのであろう。彼は昌泰元（八九八）年に従五位上、筑前守として卒したのである（『古今和歌集目録』）。

ただ、棟梁の娘は、谷崎潤一郎の『少将滋幹《しげもと》の母』として有名な女性であった。はじめ、年老いた大納言藤原国経《くにつね》に嫁したが、左大臣時平に奪われ、滋幹を産んでいる（『今昔物語』二二―八）。

【第八十八話】

在次君《ざいじのきみ》の恋物語

棟梁《むねやな》の弟の滋春《しげはる》は、「在次君」と称されていた。『大和物語』百四十三段によれば「在中将《ざいちゅうじょう》のみむすこ在次君《ざいじのきみ》」と記されているが、これは在原業平の次男という意味であろう。

先に述べたように、業平には高階師尚《たかしなもろなお》という隠し子がいた。それゆえ師尚は二男というべきであるが、師尚のことは秘め事とされていたから、滋春は在次君と呼ばれたのである。

『大和物語』百四十三段によれば、在次君の妻は、山陰《やまかげ》の中納言と呼ばれた藤原山陰《やまかげ》の姪「五条《ごじょう》の御《ご》」である。

藤原山陰は、越前守高房《たかふさ》の二男である。高房は北家魚名《ほっけうおな》の流れの人物である。山陰は清和天皇の御信任をうけ貞観十七（八七五）年従四位下を叙せられ、蔵人頭を務めている。元慶三（八七九）年十月二十三日には参議に任ぜられているが、その翌日には、参議三位の在原行平《ゆきひら》と二人で、清和上皇の大和行幸の供を務めている（『三代実録』元慶三年十月二十四日庚辰条）。

この事から推察されるように、在原行平と藤原山陰は、共に清和上皇が最も信任された人物で、お互いに親しく交際していたのであろう。そのようなつき合いのなかから、在原家の滋春（在次君）と、山陰の姪が結ばれる機縁が生れたのであろう。

『大和物語』百四十三段では、在次君の妹が伊勢守の妻となっていたが、その伊勢守の召人《めしうど》（側室）としてつかわれていた女性が、山陰の姪で、そこへ在次君がしのんですむようになったというのである。しかし、滋春ひとりがその女性の許にかよっていると思っていたが、滋春の同胞もどうやらかよって来ている模様であった。そこで滋春はその女性に、

　わすれなむと　おもふ心《こころ》の　悲《かな》しきは　憂《う》きもうからぬ　ものにぞありける（『大和物語』百四十三段）

という歌をつかわした。この歌は、どうやらあなたは私の兄ともお逢いしているようだ。そのため、私は大変つらい想いをしてる。それは、あなたのことを忘れてしまいたいという心の悲しさにくらべれば、到底比較にはならない、という意味であろう。滋春は、どうやら父業平の如く、あまたの女性にもてる男ではなかったようである。

　この歌は、『古今和歌集』に「よみ人しらず」として収録されている、

　わすれなむと　思《おもふ》心《こころ》の　つくからに　ありしより異《け》に　先《ま》づぞ恋《こひ》しき（『古今和歌集』巻十四・恋歌四―718）

という歌に極めて類似しているように思われる。また、『伊勢物語』に、

　わする覧《らん》と　思《おも》ふ心《こころ》の　うたがひに　ありしよりけに　物《もの》ぞかなしき（『伊勢物語』二十一段）

とある歌も、一連の類歌といってよいであろう。

　このように、類歌が色々なところに引用されていることから考えると、果して、先の歌が在次君のまことの心であると、直ちに肯定することは、いかがなものかと考えさせられるのである。

【第八十九話】

在次君《ざいじのきみ》の東下り

『大和物語』百四十四段には、在次君が、父業平の東下りをしのんで、東国行脚の旅を試みた話が語られている。在次君滋春《しげはる》は、小総《おふさ》の駅《むまや》（神奈川県小田原市鴨宮附近）にまではるばる下って来たが、そこは海辺であった。そこで彼は、

わたつみと　人《ひと》やみるらむ　あふことの　涙《なみだ》をふさに　なきつめつれば（『大和物語』百四十四段）

と詠ったというのである。

この歌は、渡津見《わたつみ》とひとびとは私のことを見るであろう。私が、恋人に逢えず、たくさんの涙を流し、泣きつめているのを知っているからであろう、という意味である。この歌は、小総の「ふさ」を、「多く」の意に用い、「わたつみ」に対し、「なきつめ」を対比させたところに技巧的な工夫が見られるが、わたくしには必ずしも優れた歌とは思えないのである。

次に、在次君が箕輪《みのわ》の駅（神奈川県伊勢原市笠窪）に到着して、

何時《いつ》はとは　わかねどたえて　秋《あき》の夜《よ》ぞ　身《み》のわびしさは　知《し》りまさりける（『大和物語』百四十四段）

と歌を書き付けている。この歌は、寂しいと思う気持は、いつでも変わらないが、秋の夜は、特にその想いがまさって感ぜられる、という意味である。

だが、この歌には『古今和歌集』に「よみ人しらず」として、

いつはとは　時《とき》はわかねど　秋《あき》の夜《よ》ぞ　物思《ものおもふ》ことの　かぎりなりける（『古今和歌集』巻四・秋歌上―189）

という類歌がある。この歌は「是貞親王家歌合《これさだしんのうけうたあわせ》の歌《うた》」とされており、寛平五（八九三）年以前のものと考えられている。

是貞親王は光孝天皇の皇子であるから、在次君が在世した時期とあまりかけ離れてはいないのである。それ故、「何時はとは」の歌は、彼の独創的な歌とは考えられないのである。

在次君は諸国を遍歴したが、最後は甲斐国で死んだと伝えられている。在次君は病で死ぬ折に、

かりそめの　ゆきかひぢとぞ　思《おもひ》しを　今《いま》は限《かぎ》りの　門出《かどで》なりけり（『大和物語』百四十四段）

という辞世の歌を残したという。

『古今和歌集』には「甲斐国《かひのくに》に、あひ知《し》りて侍《はべり》ける人《ひと》弔問《とぶら》はむとてまかりけるを、道中《みちなか》にて、俄《にはか》に病《やまひ》をして、いまいまと成《な》りにければ、よみて、京《きょう》にもてまかりて、母《はは》に見《み》せよと言《い》ひて、人《ひと》に付《つ》け侍《はべり》けるうた」（『古今和歌集』巻十六・哀傷歌―八六二）という詞書が附せられている。

在次君（滋春）が甲斐に下ったのは、友人を弔問するためであり、その途中で滋春も没したというのが実話であろう。滋春が弔問の旅の途中で亡くなったので、当時ひとは『大和物語』に伝えるようにそれにかこつけて、父業平に倣う東下りの物語をつくり上げたのであろう。

滋春は『勅撰作者部類』では六位内舎人とあるから、下級官僚として一生を終えたようである。

【第九十話】

滋春《しげはる》の歌

滋春（在次君《ざいじのきみ》）の歌は、『古今和歌集』に六首採られている。「友《とも》だちの、人《ひと》の国《くに》へまかりけるに、よめる」とあり、次の歌が載っている。

わかれては　ほどを隔《へだ》つと　おもへばや　かつ見《み》ながらに　かねて恋《こひ》しき（『古今和歌集』巻八・離別歌―372）

ここに見える「人の国」というは、畿外の国の意である。古代では都を中心として畿内の国々が囲み、更にその外辺部に畿外の国々が置れていた。現在でも他人を「ひと」と称するように、都人から全く見も知らぬ遠い土地を、「ひとの国」と呼んだのである。

この歌は、あなたは、私たちと別れて都から遠く隔った畿外の国に赴いて行く。今ここで一緒に別れを惜しんでいても、本当に悲しい。それなのにあなたが実際に遠くへ旅立っていかれたら、私はどんなに悲しい想いをするのだろうか、という意味である。

命《いのち》とて　露《つゆ》をたのむに　難《かた》ければ　物《もの》わびしらに　鳴《な》く野《の》べの虫《むし》（『古今和歌集』巻十・物名―451）

この歌は「苦竹《にがたけ》」と題した物名の歌である。この滋春の歌は、まさに彼の心境をそのままに歌ったものであるといってよいであろう。私の命は、露を頼りに生きていく虫のように極めて困難である。それをあたかも示すように野辺に物わびしく鳴いている虫よ、の意であろう。これは、滋春自身の心境や境遇を、野辺の虫に託して歌っているのであろう。
恐らく命の露は、朝廷ないしは藤原摂関家の恩恵そのものを暗喩しているのだろう。滋春は父、業平にも劣り、ついに六位にとどまっていたのであるから、それこそ命の露とたのむ地位も恩給にも、ほとんど恵まれなかったのである。そのような滋春であったから、藤原氏に賀祝の歌を贈り、少しでも好意を得るために努めていたのである。

『古今和歌集』には「藤原三善《ふじわらのみよし》が六十賀《むそぢのが》に、よみける」に続いて、次の歌が載っている。

鶴亀《つるかめ》も　千年《ちとせ》ののちは　知《し》らなくに　飽《あ》かぬ心《こころ》に　まかせ果《は》ててむ（『古今和歌集』巻七・賀歌―355）

鶴は千年、亀は万年といわれている。実際にその後のことはどうなるかは知らないけれど、それで満足することなく長生きしてほしい、というのが大意であろう。
しかし、その一方滋春は、なかなか絵画的で叙情性の豊んだ歌も残している。

墨流《すみながし》
春霞《はるがすみ》　中《なか》し通《かよ》ひ路《ぢ》　なかりせば　秋《あき》くる雁《かり》は　帰《かへ》らざらまし（『古今和歌集』巻十・物名―465）

これは墨を水に流して紙を染める工程を見て着想されたものであろう。一筋の墨の線が白紙の上ににじみながら引かれる様が、春霞の中を貫く通い路の幻想となって目の前に髣髴として浮んできたのである。この色紙の上に、流麗な筆づかいで歌が書かれたとするならば、宮廷の人びとにほめそやされたのではないだろうか。滋春はその意味で、幻想的な感性の歌人であったといってよいであろう。

【第九十一話】 元方《もとかた》の歌

業平の歌人としての素質は子の棟梁《むねやな》や、孫の元方へと継承されていったようである。

『古今和歌集』の巻頭にかかげられた歌は、元方の歌である。

年《とし》の内《うち》に　春《はる》はきにけり　ひととせを　去年《こぞ》とやいはむ　今年《ことし》とやいはん（『古今和歌集』巻一・春歌上―1）

旧暦では、時には立春の日を正月の一日以前に迎えることがままあるのを歌ったものである。たとえば、貞観七（八六五）年正月の朔（一日）は、「立春」と重なっているのである（『三代実録』貞観七年正月癸未朔条）。

この歌から『古今和歌集』が始まるのは、いわば年の始めを寿ぐ時候の挨拶であるからである。ただ、在原元方の歌を巻頭に飾る栄誉を与えた編者紀貫之の意向に、わたくしは注意したいのである。いうならば業平を中心とする在原家の歌へ、紀氏出身の貫之が示す異常とも思える関心の深さである。そしてそれが、なにに由来するかという問題に収斂するのである。

これは、後に紀貫之を論ずる時に触れなければならない重要なテーマの一つとなるので、ここでは元方の歌にもう少し的を絞って考えていこう。

霞立《かすみたつ》　春《はる》の山辺《やまべ》は　とを（ほ）けれど　吹《ふき》くる風《かぜ》は　花《はな》の香《か》ぞする（『古今和歌集』巻二・春歌下―103）

わたくしはこの歌に、遠い過去への憧憬を感ずるのである。それは、ひとから突飛な幻想と評されるかも知れないが、『万葉集』の、

采女《うねめ》の　袖《そでふ》吹きかへす　明日香風《あすかかぜ》　都《みやこ》を遠《とほ》み　いたづらに吹《ふ》く（『万葉集』巻一―51）

を想起させる歌である。天智天皇の皇子であった志貴皇子《しきのみこ》が、天武朝の時代に、秘かに心に抱きつづけた惜春の想いを、わたくしに思い出させるためかも知れない。

立《た》ちかへり　あはれとぞ思《おもふ》　よそにても　人《ひと》に心《こころ》を　おきつしらなみ（『古今和歌集』巻十一・恋歌一―474）

この歌の「よそにても」の「よそ」は『名義抄』に「疎《そ》、疏、トホシ、ヨソ」と注されるように「遠く離れて」の意味である。元方は、我が身を常に遠く離して置きながらなにかに憧れているのである。そのものを秘かに、

人《ひと》はいさ　我《われ》は無《な》き名《な》の　おしけれ（を）ば　昔《むかし》も今《いま》も　しらずとを言《い》はむ（『古今和歌集』巻十三・恋歌三―630）

他人はどうであろうか。私は実りのない恋にあらぬ噂が立てられるのが惜しいから、あのひとのことは、昔も今も、知らないと答えておこう、というのが大意であろうが、どうも屈折した言い回しの歌である。

迷惑顔をしながら未練を多分に示している歌である。これは恋歌とされているが、考えようによっては、官位願望の未練の歌ともとれるのである。次の歌も、同じような歌の一つであろう。

久方《ひさかた》の　あまつ空《そら》にも　住《す》まなくに　人《ひと》はよそにぞ　思《おもふ》べらなる（『古今和歌集』巻十五・恋歌五―751）

【第九十二話】

元方《もとかた》の恋歌

世《よ》の中《なか》は　いかに苦《くる》しと　思《おも》ふらむ　ここらの人《ひと》に　怨《うら》みらるれば（『古今和歌集』巻十九・雑体―1062）

この歌は、世の中のひとは、私をどんなに苦しいかとお考えになっているだろう。こんなに多くのひとから怨まれている私を、という意味であろう。

ひととせに　ふたたび咲《さ》かぬ　花《はな》なれば　むべ散《ち》ることを　人《ひと》はいひけり（『後撰和歌集』巻三・春下―109）

一年に再び咲かぬ花だから、散りゆくことをひとびとは話題とするのだ、という意であろうが、永遠の美をたたえる豪華な花より、秘やかに散ってゆく花こそ、ひとから惜しまれるのだといいたいのであろう。

見《み》るめ刈《か》る　渚《なぎさ》やいづこ　あふごなみ　立寄《たちよ》る方《かた》も　知《し》らぬ我《わ》が身《み》は（『後撰和歌集』巻十・恋二―650）

「海松布《みるめ》を刈《か》る渚《なぎさ》」というのは、あなたを見るチャンスに恵まれない立場を示唆する表現である。この歌にも、幸運に見放された元方の心境が直截に歌われているようである。

恋《こひ》しとは　更《さら》にも言《い》はじ　下紐《したひも》の　解《と》けむを人《ひと》は　それと知《し》ら南《なん》（『後撰和歌集』巻十一・恋三―701）

この歌は、『伊勢物語』にも見られ、

下紐《したひも》の　しるしとするも　解《と》けなくに　かたるがごとは　恋《こ》ひずぞあるべき（『伊勢物語』百十一段）

に答えた歌とされている。

下紐は、恋しいと思うと自ずと解けると考えられているのに、その下紐が解けないところを見ると、あなたは口ほどにも、私の事を想っていないのだろう、という意味である。実は、この「下紐の」の歌は、同じく『後撰和歌集』巻十一・恋三―七〇二に、元方の歌につづき、よみ人知らずとして載せられているのである。ここにも、自らの願いを相手のひとに認められない男の悲しみが歌われている。

「女《おんな》に、心《こころ》ざしあるよしを言《い》ひつかはしたりければ、世中《よのなか》の人《ひと》の心《こころ》さだめなければ頼《たの》みがたきよしを言《い》ひて侍《はべり》ければ」に続いて、次の歌が載る。

淵《ふち》は瀬《せ》に　なり変《かは》るてふ　飛鳥河《あすかがは》　渡《わたり》見《み》てこそ　知《し》るべかりけれ（『後撰和歌集』巻十一・恋三―750）

『後撰和歌集』には「男《をとこ》の『人《ひと》にもあまた問《と》へ。我《われ》やあだなる心《こころ》ある』と言《い》へりければ」とあり、

また『伊勢集』においては、

明日香河《あすかがは》　淵瀬《ふちせ》に変《かは》る　心《こころ》とは　みな上下《かみしも》の　人《ひと》も言《い》ふめり（『後撰和歌集』巻十八・雑四―1258）

厭《いと》はるゝ　身《み》をうれはしみ　何時《いつ》しかと　飛鳥河《あすかがは》をも　たのむべら也《なり》（同・巻十一・恋三―751）

の歌にはさまれて元方の「淵は瀬に」の歌が記されているので、あるいは元方の恋の相手は伊勢であったかも知れない。伊勢は恋多き女性であるが、祖母は藤原山陰《やまかげ》の娘であり、在原行平《ゆきひら》は山陰に親しい関係にあったから、元方と近づくことがあったのであろう。

【第九十三話】 元方《もとかた》の寂しさの歌

元方の、忍ぶ恋は、相手の女性からも「かかる気色《けしき》、人《ひと》に見《み》すな」と釘をさされているのである。

竜田河《たつたがは》 立《た》ちなば君《きみ》が 名《な》を惜《を》しみ 岩瀬《いはせ》の森《もり》の 言《い》はじとぞ思《おも》ふ（『後撰和歌集』巻十四・恋六―1033）

この歌は、私たちの秘めた恋の噂がひとの口にのぼったら、あなたの名を傷つけるのが惜しいので、私はだまっている、という意である。「石《いは》（磐）瀬《せ》の森」は、『万葉集』以来、郭公《ほととぎす》や紅葉の名所として歌われた所である。

神奈備《かむなび》の 伊波瀬《いはせ》の社《もり》の 呼子鳥《よぶこどり》 いたくな鳴《な》きそ わが恋《こひ》まさる（鏡王女『万葉集』巻八―1419）

『後撰和歌集』の元方は、「磐瀬《いはせ》」をむしろ「言わせじ」に掛けて口止めの意に用いているのである。

それにしても、同じ竜田河を歌うにしても、業平は絢爛たる紅葉の錦を描くのに対し、孫の元方の方は秘める恋の口止めの誓いの歌である。

『拾遺和歌集』の「淀川」と題した元方の、

植《う》へ《(ゑ)》ていにし 人《ひと》も見《み》なくに 秋萩《あきはぎ》の 誰見《たれみ》よとかは 花《はな》の咲《さ》きけむ（『拾遺和歌集』巻七・物名―379）

の歌は「よとかは」（淀河）の言を隠して歌った戯歌の一つであるが、「誰見よとかは 花の咲きけむ」と歌うところに元方のやるせない感情や淋しさが窺えるようである。

『新古今和歌集』の、

春秋《はるあき》も　知《し》らぬ常磐《ときは》の　山里《やまざと》は　すむ人《ひと》さへや　面《おも》がはりせぬ（『新古今和歌集』巻十七・雑歌中―1617）

は、元方が「常磐の山」に象徴される権門のひとに長寿をたたえる賀歌であろう。

賀歌といえば、業平も「堀川大臣《ほりかはのおとど》の四十賀《よそぢのいはひ》、九条《くじょう》の家《いへ》にてしける時《とき》に、よめる」として、

さくら花《ばな》　ちりかひ曇《くも》れ　老《おい》らくの　来《こ》むといふなる　道《みち》まがふがに（『古今和歌集』巻七・賀歌―349）

と藤原基経の四十賀に歌を献じているのである。

四十賀は平安時代において盛んに行われた祝賀であるが、仁明《にんみょう》天皇の四十賀に当って興福寺の僧が長歌を献じたことは『続日本後紀』に記るされている（『続日本後紀』嘉祥二年三月庚辰（二十六日）条）。その一節に、「天《あま》つ日嗣《ひつぎ》の高御座《たかみくら》、萬世鎮《よろづよいは》ふ、五八《よそとせ》の春《はる》」といって祝賀を述べているのである。

官職にあまりめぐまれなかった元方が、時には権門に媚を示すことはやむを得なかったであろう。

一説によれば、元方は出家して「戒仙」と称する僧となったといわれている。

『大和物語』二十八段には、「まらうどは貫之《つらゆき》、友則《とものり》などになむありける」とあり、戒仙は古今集の編者達と親しい人物とされるが、歌振りからしても果して事実であるかは、今のところ不明というほかはないだろう。

【第九十四話】 在原一族と『古今和歌集』

今まで在原一門の歌を概観してきたが、歌の優劣は別として、紀貫之や紀友則ら『古今和歌集』の編者は、異常といってよい程に在原家に関心を寄せていたことは注目されてよい事実である。『古今和歌集』の巻頭に、わざわざ在原元方《もとかた》の歌をかかげていることに象徴されるように、業平一族の歌には特別な関心を寄せているのである。

巻頭の歌といえば、巻八の離別歌は行平の歌であり、巻十三の恋歌三は業平が占め、巻十五の恋歌五も、業平の歌が筆頭に置かれている。

紀貫之は、「仮名序」において、業平を「その心余《こころあま》りて、言葉足《ことばた》らず、萎《しぼ》める花《はな》の、色無《いろな》くて、匂《にほ》ひ残《のこ》れるがごとし」として、あまり高い評価を与えていないが、それにも拘らず業平の歌だけに物語的な詞書を長々と付している。

業平が、紀有常の娘を娶り、紀氏と特殊な関係が生れ、業平の私集を紀貫之がひとに先んじて閲し得たということも想われるが、それにしても、なみなみならぬ関心を業平に寄せていなければ、かほどのことは起らなかったはずである。あるいは、貫之が在原元方と親しい仲であったから、彼を通じて業平の私家本を入手したのかも知れない、とも想像されるのである。

そのため、業平の歌だけには、他の人には見られない、いわば物語風の詞書が附せられたのであろう。しかも、その詞書は『伊勢物語』の文章と極めて近似したものなのである。

例えば、『古今和歌集』巻十五・恋歌五―七四七の詞書と『伊勢物語』四段の文章を比較すれば、『古今和歌集』の詞書と、同じ言葉であるか、またはそれをほぼ敷衍して綴られているのである。

左の表のような事をすべて丹念にあげるとすれば、読者の方を飽きさせたり、また紙面をかなり割かなければならなくなるので、これだけにとどめて置こう。要するに、『古今和歌集』の詞書と『伊勢物語』の文章は無関係ではないことを知っていただければよいのである。

伊勢物語	古今和歌集
東の五条に大后の宮おはしましける、西の対に住む人有けり。それを本意にはあらで……	五条后宮西の対に住みける人に、本意にあらで……

わたくしの言いたい点は、在原家蔵の業平集の如きを、『古今和歌集』の編者は多大の関心をもって閲覧し、積極的に詞書に援用したのではないかということである。その『古今和歌集』の詞書を更に敷衍して一つの歌物語にしたのが、『伊勢物語』であると考えることもできるであろう。

いずれにしても、業平の生きざまに、当時にあっては多くのひとは異常な関心を示していたようである。それは急激に権力の座を占めていく藤原の摂関家に対するいわば批判の象徴として、業平の偶像が、次第に醸成されて増幅していく姿である。

【第九十五話】

『古今和歌集』の編者たち

特に『古今和歌集』に、業平の歌に限って、物語風の長い詞書を附しているのは、『古今和歌集』の編者達が、業平の歌というよりも、その行状や生きざまに、なみなみならぬ関心を寄せていたからであろう。『古今和歌集』はある意味では権力の対極に置かれる作品である。

彼等が意図する和歌の効能は「力《ちから》をも入《い》れずして、天地《あめつち》を動《うご》かし、目《め》に見《み》えぬ鬼神《おにかみ》をも哀《あは》れと思《おも》はせ、男《をとこ》女《をむな》の仲《なか》をも和《やは》らげ、猛《たけ》き武人《もののふ》の心《こころ》をも慰《なぐさ》むる」（『古今和歌集』「仮名序」）ものであった。それはあくまで心情の世界のことであった。

醍醐天皇の延喜五（九〇五）年に、『古今和歌集』の撰者にえらばれたのは、大内記《だいないき》紀友則《きのとものり》、御書《ごしょ》所預《どころあずかり》紀貫之《きのつらゆき》、前甲斐少目《さきのかいのさかん》凡河内躬恒《おおこうちのみつね》、右衛門府生《うえもんのふしょう》壬生忠岑《みぶのただみね》の四人であった。

「官位令」（『令義解』）によれば、大内記は正六位上の相当官であり、少目は従八位下である。つまり、彼等は身分的にいえば、とうてい殿上人に至らぬ下級官人達ばかりであったのである。しかも、彼等は紀氏や凡河内や壬生といった大化前代の豪族の系譜を引く一族であった。

『新撰姓氏録』（左京皇別上）に「紀朝臣《きのあそみ》　石川朝臣《いしかわあそみ》と同《おな》じ祖《おや》。建内宿祢《たけのうちのすくね》の男《こ》、紀角宿祢《きのつののすくね》の後《すゑ》なり」とあるように、紀氏は大化前代の名族である。もともとは紀伊国の紀伊川下流部を本拠としていたが、大和に移り、光仁天皇の御生母は紀諸人《もろひと》の娘の橡姫《とち》であったから、桓武天皇の時代には、平群《へぐりの》坐紀氏神社《いますきのうじ》を中心とした地域（奈良県生駒郡平群町上庄）を中心として勢力をのばしていた豪族である。

平安の初期には、紀古佐美《きのこさみ》の如く、征夷大将軍に任ぜられ、大納言に至った人物を輩出したが、その後は従四位や従五位どまりの地位を占めるのがやっとであった。

ただ、紀名虎《きのなとら》の時代には、その娘種子《たねこ》が仁明天皇の更衣となり、もう一人の娘静子《しずこ》が文徳天皇の更衣にのぼり、惟喬親王《これたか》らの生母となったが、藤原良房と対立し、立太子をめぐる政争で敗れ去ってしまうのである。

その名虎の息子が有常《ありつね》であるが、志を得ぬまま一生を終わるのである。有常の娘が、業平の妻となることによって業平は、紀氏と縁者の道をすすむことになるのである。

紀貫之は名虎の兄弟である興道《おきみち》の流れである。興道は、中納言勝長《かつなが》の息子であるが、兵部大輔、右兵衛督を歴任して従四位下に達している。

興道から本道《もとみち》、さらに望行《もちゆき》を経て貫之に至るが、貫之も最終官は従五位上にとどまっているのである。

貫之は、和歌の道の大家として有名であるが、若い時から文章道に学び、少内記や大内記に任ぜられているのである。彼は漢学においても、かなりの素養があったのである。

【第九十六話】六歌仙

貫之は、官界における前途に見切りをつけて、次第に和歌の道にのめり込んでいくのである。

御存知のように平安の初期は、嵯峨天皇の領導によって、『凌雲集《りょううんしゅう》』『文華秀麗集《ぶんかしゅうれいしゅう》』及び『経国集《けいこくしゅう》』という勅撰漢詩集に象徴されるように、漢詩の全盛期であり、和歌は衰微の道をたどっていたのである。いわば、和歌はその底流にあって細々ながら流れていたのである。

平安初期の漢詩を自ら広められた嵯峨天皇も、弘仁四（八一三）年四月に、皇太弟大伴親王の邸宅を訪問された時、右大臣藤原園人《そのひと》が、

祁布能比乃《けふのひの》　伊介能保度理爾《いけのほとりに》　保止度支須《ほととぎす》　多比良波知与止《たひらはちよと》　那久波企企都夜《なくはききつや》
（今日《けふ》の日《ひ》の　池《いけ》の辺《ほとり》に　杜鵑《ほととぎす》　平《たひら》は千代《ちよ》と　鳴《な》くは聞《き》きつや）（『類聚国史』三十一行幸）

と歌うと、嵯峨天皇は、

保度止伎須《ほととぎす》　那久己恵企介波《なくこゑきけば》　宇多奴志度《うたぬしと》　度毛爾千世爾度《ともにちよにと》　和礼母企企多理《われもききたり》
（杜鵑《ほととぎす》　鳴《な》く声《こゑ》聞《き》けば　歌主《うたぬし》と　共《とも》に千代《ちよ》にと　我《われ》も聞《き》きたり）（『類聚国史』三十一行幸）

と応じられている。

また、嵯峨天皇の皇子であられた仁明《にんみょう》天皇の四十賀《よそぢのいわい》に興福寺の僧侶が、

日本乃《ひのもとの》　野馬台能国遠《やまとのくにを》　賀美侶伎能《かみろぎの》　宿那毗古那加《すくなびこなが》　葦菅遠《あしすげを》　殖生志川川《うゑおひしつつ》　国固米《くにかため》　造介牟与理《つくりより》……

（『続日本後紀』嘉祥二年三月庚辰〔二十六日〕条）

と長歌を献じている。これらの前後にいわゆる、六歌仙の時代が到来したのである。

僧正遍照《へんじょう》（昭）、在原業平、文野康秀《ぶんやのやすひで》、僧喜撰《そうきせん》、小野小町《おののこまち》、大伴黒主《おおとものくろぬし》を六歌仙とするが（『古今和歌集』「仮名序」、「真名序」）、そのうち遍照（俗名、良岑宗貞《よしみねのむねさだ》）と業平は、共に桓武天皇の皇統を引く名家の出身である。

文屋康秀は、嵯峨天皇時代に征夷大将軍として活躍した文屋綿麻呂を出した一族に属するが、康秀の時代には、山城大掾《だいじょう》や縫殿助という下級官人にとどまっている。大伴（友）黒主は、近江国滋賀郡大友郷の郡領であったようである。小野小町は、伝記は不明であるが、小野氏に連なる女性であろう。残る喜撰の出自は不明であるが、この六歌仙に皇統につらなる遍照や業平や小野氏一族の小野小町があげられていることは、極めて興味ひかるるところであるといってよい。

共に、名門中の名門でありながら、藤原摂関家の前に、次第に凋落を余儀なくされていった一族の出身である。彼らはまた、紀名虎《きのなとら》の娘の種子《たねこ》や静子《しずこ》が生んだ不遇の親王である常康《つねやす》親王と惟喬《これたか》親王を最後まで保護しつづけた人物たちであった。

小野小町は『尊卑分脈』に小野篁《たかむら》の孫と記されているように、その信疑は別としても、藤原氏一門に反抗して隠岐へ流された男に結びつけられていることは、大変興味深いのである。

【第九十七話】『古今和歌集』と紀氏一族

紀貫之は、『古今和歌集』「仮名序」で、漢詩全盛の時代には、和歌は「色好《いろごの》みの家《いへ》に、埋《うも》れ木《ぎ》」となって、埋没していると記している。恐らくそれは、業平の歌が在原家の家に長らく秘蔵されていたことなどをも、念頭に置いて記されたのであろう。

この『古今和歌集』の編集には、紀貫之だけでなく、紀友則や紀淑望《よしもち》が関わっていたのである。『古今和歌集目録』によれば紀友則は少内記《しょうないき》や大内記《だいないき》を務めているが、『古今和歌集』には「惟喬《これたか》のみこの、父《ちち》の侍《はべ》りけむ時《とき》によめりけむ歌《うた》どもと乞《こ》ひければ、書《か》きて贈《をく》りける奥《おく》に、よみて、書《か》けりける友則《とものり》」とあり、

ことならば　事《こと》の葉《は》さへも　消《きえ》ななむ　見《み》れば涙《なみだ》の　たぎ増《まさ》り鳧《けり》（『古今和歌集』巻十六・哀傷歌―854）

と惟喬《これたか》親王との関係をしのばせている。恐らく友則の父、宮内少輔有友《くないしようありとも》が惟喬親王にお仕えしていたのであろう。

一方、紀淑望は、紀長谷雄《はせお》の息子である。紀長谷雄は、藤原時平の讒《ざん》にあって大宰府に流された菅原道真《みちざね》の最後まで変わらぬ「膠漆《こうしつ》の友《とも》」であった。道真が配所で作った漢詩集をまとめた『菅家後集』を最後に托したのは、長谷雄であることを想起していただければ、お分りいただけるだろう。摂関家

の圧力に対し、独り道真を擁護しつづけたのは、紀長谷雄であった。

　その息子の淑望は当然ながら、長谷雄の薫陶を受けて育ったから、淑望にもかかる精神はうけつがれていたに違いないと思っている。『古今集序注』下によれば『古今和歌集』の「真名序」は、淑望の名を借りて紀長谷雄が綴ったものという説もあるが、それは長谷雄、淑望の精神が同じことを示唆するものであろう。

　淑望も父に劣らず硬骨の士であり漢文に優れた人物であった。彼は、文章生より出発し、民部丞や大丞をへて従五位下に任ぜられ刑部少輔や勘解由次官や大学頭などを歴任し、延喜十（九一〇）年には東宮学士となっている（『古今和歌集目録』）。

　もちろん、淑望も歌を嗜み、『古今和歌集』にも、

　　もみぢせぬ　ときはの山《やま》は　吹風《ふくかぜ》の　を《(お)》とにや秋《あき》を　ききわたる覧《らむ》（『古今和歌集』巻五・秋歌下―251）

の歌を収めている。

　『新古今和歌集』には、「延喜六（九〇六）年日本紀竟宴」に「猿田彦」をえらび、

　　ひさかたの　天《あま》の八《や》重雲《へぐも》　ふりわけて　くだりし君《きみ》を　われぞ迎《むか》へし（『新古今和歌集』巻十九・神祇歌―1866）

の歌を残している。この歌がつくられた四年前の延喜二（九〇二）年正月には、淑望の父、長谷雄が従四位下で参議に列しているのである。このように紀貫之を始め、紀友則や紀淑望が関わっている『古今和歌集』の底辺には、弱者を見すてぬ紀氏一流の精神が流れていたのである。

【第九十八話】　業平の死

業平がみまかったのは陽成天皇の元慶四（八八〇）年五月二十八日であった（『三代実録』元慶四年五月二十八日辛巳条）。『古今和歌集』には「病《やまひ》して弱《よは》くなりにける時《とき》、よめる　業平朝臣《なりひらあそみ》」とあり、

つゐ《(ひ)》にゆく　道《みち》とはかねて　聞《きき》しかど　昨日今日《きのうけふ》とは　思《おも》はざりしを（『古今和歌集』巻十六・哀傷歌―861）

という辞世の歌をとどめている。いうまでもなく『伊勢物語』百二十五段の最終尾にも、「おとこ《(を)》、わづらひて、心地《ここち》死《し》ぬべくおぼえければ」としてこの歌が載せられている。

この業平の歌で「昨日今日とは　思はざりしを」の歌詞が伝えるように、突然おとずれる死に、あわてふためく切実感がつたわってくるようである。

業平の歌は、このような切実な言葉が、真截的に綴られている点に、特徴がある。たとえば、

月《つき》やあらぬ　春《はる》や昔《むかし》の　春《はる》ならぬ　わが身《み》ひとつは　もとの身《み》にして

（『古今和歌集』巻十五・恋歌五―747、『伊勢物語』四段）

の歌も業平ならではの歌い方といってよいであろう。「月やあらぬ」といえば「春ならぬ」と繰返し、それに加えて、更に「春や昔の春」とリフレーンのように歌っているのである。その上、下句でも、わが「身」の身を重複して用いていて、素直な感情を訴えているのである。

同じ語を重ねることで、独自のリズムと抒情性をたたえる歌としては、

筒《つつ》井《ゐ》つの　井《ゐ》筒《づつ》にかけし　まろがたけ　過《す》ぎにけらしな　妹《いも》見《み》ざるまに（『伊勢物語』二十三段）

をあげることができるだろう。

もちろん、このような歌ぶりは、『万葉集』の巻頭の「籠《こも》よ　み籠《こも》持ち　堀《ふ》串《ぐし》もよ　み堀《ふ》串《ぐし》持《も》ち」（巻一―一）に見られるが、業平の歌は感動のあまり、とっさに出た言葉を頭にして、それをあとから敷衍し、理由づけるような歌い方である。そしてあまりある感情をたてつづけに述べて、更に効果を上げているのである。

君《きみ》やこし　我《われ》や行《ゆ》きけむ　おもほえず　夢《ゆめ》か現《うつつ》か　ねてかさめてか（『伊勢物語』六十九段）

の歌も、業平ならではの名歌である。「君やこし」に対して、直ちに「我や行きけむ」と歌い出し、「夢か現か」と詠ずるところに、はかなく燃えた不倫の恋の陶酔感が不思議と醸し出されているのである。

忘《わす》れては　夢《ゆめ》かとぞ思《おも》ふ　思《おも》ひきや　雪《ゆき》ふみわけて　君《きみ》を見《み》むとは（『伊勢物語』八十三段）

の歌も「夢かとぞ思ふ　思ひきや」と「思ふ」を重複させて、幻想的な雰囲気をかもし出している。つまり、同じ言葉や同類の語をリズム的に歌い出し、あり余る感情の起伏をつくり出している。

その点、貫之に「その心《こころ》余《あま》りて、言《こと》葉《ば》足《た》らず」（『古今和歌集』「仮名序」）と評されるが、わたくしはむしろここに、他人を魅了する業平の歌の力量があるのだと考えている。

【第九十九話】 業平鑽仰《さんぎょう》の伝統

業平に対する関心は、紀氏一族だけでなく、大江氏にもながく伝えられていったのである。大江家のそれは代々伊勢斎宮をめぐる密通事件と、高階師尚《たかしなもろなお》の秘め事を中心とするものであった。

大江朝綱《あさつな》は、『本朝文粋』に収める「男女婚姻賦《だんじょこんいんのぶ》」において、恋歌中の男女をそれぞれ、「婀娜《あだ》以《も》って居《を》ること、野小野《やこまち》の操《みさを》に類《すゐ》し、閑雅《かんが》にして語《かた》ること、在中将《ざいちゅうじゃう》の瞻《せん》を抽《ひ》くり」（『本朝本粋』巻一・賦婚姻）と述べている。

つまり、恋歌の最も優れた女性像の典型は、小野小町であり、男性の理想像は業平だと主張しているのである。因みに「瞻」は仰ぎ見る意である「瞻仰」、「瞻望」などの瞻である。また「閑雅にして語る」は〝しずかにしとやか〟に語ることである。

大江朝綱にあっては、業平は閑雅な貴公子であり、恋の世界の理想像となって昇華していったのである。

大江朝綱は、江省相公大江音人《おとんど》の孫に当たる人物で、「後江相公《のちのごうそうしょう》」と称されていた。菅原文時と学才をうたわれた儒者である。そのような人物が、「略《ほぼ》才学《さいがく》無《な》し」と評された業平を称揚しているのである。

一つには大江音人以来、在原家との特殊な肉親的な感情がなせるわざかも知れないが、朝綱の生きた時代の醍醐朝には、既に業平像は昇華され理想化されていたのであろう。

その醍醐朝こそ、『古今和歌集』の編纂時であったのである。この気運は後世まで伝えられ、中世においても『徒然草』六十七段には「賀茂《かも》の岩本《いはもと》、橋本《はしもと》は、業平《なりひら》、実方《さねかた》なり」と、業平が上賀茂神社の末社に祀られていることが記されている。

実方は、藤原行成の冠をたたき落し、一条天皇から「歌枕見て参れ」と命ぜられ、東北に追いやられた歌人である（『古事談』二─三二）。

業平といい、実方といい、共に東国をさすらった男達である。『徒然草』によれば、吉水《よしみずの》和尚《おしょう》（慈円僧正）は、

月《つき》をめで　花《はな》を眺《なが》めし　いにしへの　やさしき人《ひと》は　ここにありはら（『徒然草』六十七段）

と詠んだと記している。

業平は、ここでは既に花鳥鳳月をたのしむ風流人と見なされているのである。

今出川院近衛と呼ばれた藤原伊平《これひら》の娘は「若《わか》かりける時《とき》、常《つね》に百首《ひゃくしゅ》の歌《うた》を詠《よ》みて、かの二《ふた》つの社《やしろ》（岩本、橋本の二社）の御前《おほむまえ》の水《みづ》に書《か》きて、手向《たむ》けられけり」とあるように、業平や実方は歌道上達の神となって尊崇されたのである。

【第百話】業平の心情

近世になると、『仁勢《にせ》物語』をはじめ、『おかし男』、『好色伊勢物語』などという『伊勢物語』のパロディーものが流布するように、業平への関心が薄れずにひろまっていったのである。もちろん、それは業平をもっぱら好色の目でおもしろおかしく描くことに重点を移す傾向に添うものであった。しかし、それはあまりにも業平の一面を強調し、誇張したものであるといわなければならない。少なくとも業平の生きざまは何事も一途な心情で色取られていたのである。

恋する時も、あまりにも真剣すぎて、時にはかえってピエロの役を演ずることがあるのは、彼は、まったく損得を抜きにして、女性を愛したからである。それ故、一度、縁あって結ばれた女性を決してないがしろにすることはなかったのである。また、権力の前に没落し、零落していく人びとに対して、最後まで、かかわり合いを失わなかったのである。権勢の場から早くから脱出し、歌の世界に生きようとしたのは、そこにこそ、まことの世界があると信じたからである。

たしかに、その選択は官界における立身出世を棒に振ることを意味していた。その意味では、業平は初めから立身出世を諦め、そのように振舞っていたのである。『伊勢物語』九段に「むかし、お《(を)》とこありけり。そのお《(を)》とこ、身《み》をえうなき物《もの》に思《おもひ》なして」と記すように「えうなきものと思ふ」生きざまこそが業平の道であった。しかし、実際において自らを、初めから「えうなきものと思う」のには、相当な困難があったに違いないのである。

その選択は、自らが敗北者と見なされるだけでなく、彼をとりまく多くの有縁のひとびとに、大なり小なりの影響を与えずにはおかなかったからである。その当事者が、最も心やさしき人物であればある程、苦痛と悲しさを感じなければすまなかったのである。

その心の苦しみは、ただ愛する人との恋でしか修復することができなかったのである。特に業平が次々と女性遍歴を繰り返したのも、一つには母性愛に心の慰めを求めていたからであろう。それは光源氏がなき母の面影を求めて、藤壺の君や若紫を求めていったことと似ているのである。

仮りに、一時的な迷いで情をかわした女性には、別れていても、「はかなくて絶《た》えにけるなか、猶《なほ》や忘《わす》れざりけん」(『伊勢物語』二十二段)とあるように、チャンスがめぐってくれば、必ず文をつかわし、歌を贈って情を交したのである。その意味から、業平は決してドンファンではなかったのである。

そのことは、業平の生きざまを丹念にお調べになれば、直ちにお分りになるであろうと思っている。先入観を捨てて素直に観察すれば、真の業平像に近付くことができるのである。

井上　辰雄（いのうえ・たつお）
1928年生れ。東京大学国史科卒業。東京大学大学院（旧制）満期修了。熊本大学教授、筑波大学教授を歴任す。筑波大学名誉教授。文学博士。

著書等『正税帳の研究』（塙書房）、『古代王権と宗教的部民』（柏書房）、『隼人と大和政権』（学生社）、『火の国』（学生社）、『古代王権と語部』（教育社）、『熊襲と隼人』（教育社）、『天皇家の誕生―帝と女帝の系譜』（遊子館）、『日本文学地名大辞典〈散文編〉』（遊子館、監修）、『日本難訓語大辞典』（遊子館、監修）、『古事記のことば―この国を知る134の神語り』（遊子館）、『古事記の想像力―神から人への113のものがたり』（遊子館）、『茶道をめぐる歴史散歩』（遊子館）、『和歌と歌人の歴史辞典』（遊子館）、『常陸風土記の世界』（雄山閣）など。

遊子館 歴史選書 14

在原業平――雅《みやび》を求めた貴公子

2010年10月25日　第1刷発行

著　者　　井上　辰雄
発行者　　遠藤　茂
発行所　　株式会社 遊子館
　　　　　107-0052　東京都港区赤坂7-2-17
　　　　　　　　　　赤坂中央マンション304
　　　　　電話 03-3408-2286　FAX 03-3408-2180
編集協力　有限会社 言海書房
印刷・製本　シナノ印刷株式会社
定　価　　カバー表示

ISBN978-4-86361-013-2 C0023